王牌大律師

特別篇SP

想贏我，你還早一百萬億年呢！

古澤良太——腳本
百瀨しのぶ——改寫
劉格安——譯

王牌大律師
LEGAL HIGH

古澤良太　腳本
百瀬忍　執筆

本書根據日本電視劇〈王牌大律師〉改寫而成，部分內容經過些許更動或創作，與原劇本不符之處敬請見諒。

向學校求償一億圓！！
幕後的首謀與微笑女教師……
被掩蔽的真相與審判長的黑暗面

沿著平緩的山稜線，今天的歌聲一如往常地隨風飄揚在藍天白雲下。平日的下午，只要碰到合唱團的練習時間，這般情景總是在校園中上演。位於東京近郊．兔丘市兔丘中學合唱團的學生，正在放學後的中庭練習合唱。

「與朋友攜手前行的活力兔中」

校舍牆上掛著偌大的布條，玄關前的石頭上刻著校訓：「友情、和諧、博愛」。伴隨著合唱團同學的歌聲，負責打掃的學生穿著運動服，各自在刻有校訓的石頭周圍或正門前方清掃環境，參加社團活動的學生在運動場上奔跑著，準備回家的學生一邊開心地交頭接耳一邊走出校門。今天的放學時間跟平時沒什麼兩樣。

「很好很好──，不要搶拍──」

合唱團的顧問藤井南一邊指揮，一邊仔細聆聽學生們的聲音。

♪……敞開胸懷擁抱～這世界的希望～我們所在的地球～

「唱好每一個字，仔細聽大家的聲音……」

南揮舞著指揮棒，情緒也隨著歌聲愈來愈高漲。終於，來到最高潮的副歌部分了。

♪……現在～正是開啟～未來之門～的時刻～

「很好，放開身心去唱！就像這片開闊的藍天一樣！」

南奮力舉起雙手仰望天空。

此時，一個黑色物體從天而降，「砰」的一聲墜落在南背後。

「咦……？」

合唱團的學生頓時呆若木雞，僵在原地不敢動彈，唯有南緩緩地轉過身去。

「那裡……」

男學生舉起顫抖的手，南順著他手指的方向小心翼翼地走向前去……只見一個穿著制服的男學生，一動也不動地趴在地上。

不敢再往前跨步的南，下意識地抬頭望向屋頂。二年C班的青山瞬等四名同學正伸長脖子往下看，他們是她班上的學生。

接著南又往地上的男學生定睛一瞧……是她班上的小暮和彥。

身為第一通報者的南，不發一語地站在醫院的重症照護病房中。送進醫院的和彥雖然很幸運地逃過死劫，卻仍未恢復意識，全身插滿管子躺在病床上。病房裡除了校長之外，還有以青山瞬為首的四名同學——高木健人、佐佐岡耕介、金森信緘默地低垂著頭。青山長得眉清目秀，即使在全班同學中也屬於相當搶眼的類型，其餘三人則沒有什麼值得一提的特徵；像金森這種四眼田雞，雖然跟青山是同一掛的，但真要說起來，給人的感覺就是老實而不起眼。

就在這時，房門「砰」的一聲打開了。衝進病房的是和彥的母親秀美。剛從打工的地方趕來的她，穿著一件起毛球的大衣，裡面的襯衫和連帽外套看起來相當廉價，妝脫得亂七八糟，頭髮也毛毛躁躁的。如此看來，她八成是一接到消息就馬上趕來醫院了。

「和彥……！」

「我是他的班導師藤井。」

南立刻低頭致意，但秀美完全無視於她的存在，直接奔向躺在病床上的兒子。在需要絕對安靜的和彥面前，束手無策的秀美只能茫然地盯著兒子看。

「和彥！和彥！」

秀美悲痛的呼喊聲傳遍整間病房。

「這次意外奇蹟似地只傷到腳和肋骨的骨頭而已。哎呀，沒有危及性命真是太好了。」

校長對著秀美的背影說道。

「意識呢？」

「意識……尚未恢復。」

南一臉沉痛地回覆秀美。

「……你們說他從樓上跳下來究竟是怎麼一回事？」

面對秀美的提問，不管是南、校長還是青山等人，沒有一個人答得出來。沉默籠罩了整間病房。

「他們幾個在樓頂玩耍，玩著玩著就說不知道能不能從樓頂翻到走廊上。結果和彥同學說他可以……最後竟不小心掉了下來。」

南說。

「……是和彥自己這麼說的嗎……？」

「似乎是這樣沒錯。」

「他們五個人感情很好，常常玩鬧在一起，看來這次玩笑真的開過頭了。」

校長走向青山等人身邊，用手拍了拍青山的肩膀。

「玩……玩笑……？」

秀美顫抖著聲音問道。

「對於這次不幸的意外，本人深表遺憾。」

校長的語氣毫無抑揚頓挫。

「你們還不快道歉？」

南也為了圓場而催促學生。

「對不起。」

四人異口同聲地低下了頭。

「治療費的部分我會用學校的保險報銷，所以希望能大事化小，小事化無。」

聽見校長的話，秀美露出了一臉不可置信的表情，然而校長無視於秀美的反應，徑自走到病床旁掀起被單的一角。被單下是和彥那隻纏繞著一圈又一圈的繃帶、看上去相當疼痛的右手，校長二話不說地握住了這隻手。

「和夫同學，你千萬不可以放棄……」

「是和彥同學。」

南在一旁輕聲提醒校長，秀美傻眼地看著這一幕。

「和彥同學，你千萬不可以放棄喔！大家都在學校等你回來！」

秀美默默忍受著校長不假修飾的言辭，緊握著老舊托特包提帶的雙手正微微顫抖著。

一走出病房，青山等人完全變了一個模樣。

「回家前先吃碗拉麵如何？」

「好啊好啊！」

幾個學生一副終於擺脫麻煩事的模樣，讓南感到相當氣惱。

「夠了，不要在這邊胡說八道了，通通給我回家去！」

「知道了，知道了。」隨口敷衍了事的四人當中，只有青山一人回頭朝病房的方向瞪了一眼。

「你果然被他們欺負了吧……」

同一時間，秀美正傷心地撫摸著和彥的頭髮。

*

「令人震懾的魄力，充滿怒意的雙眼，同時又帶著深切的悲哀……」

法院的法庭內，黛真知子正獨自為一樁民事訴訟案奮戰。老是一身樸素套裝配黑色短襪和俗氣黑色皮鞋的她，是一名年約二十五歲、堪稱菜鳥的女律師。話雖如此，律師世界並無所謂的❶年功序列。百戰百勝的贏家才有機會站上金字塔最頂端，這個社會講究的是實力。

換句話說，只要打贏官司就行了。黛所屬的古美門律師事務所代表——古美門研介也是這麼對她說的。說起來，古美門本身就是一個零敗績的律師，只不過在人格方面完全不值得尊敬而已。

黛每天都靠著個人的正義感在戰場上熱血廝殺。

「醍醐寺流傳下來的不動明王圖是一幅無庸置疑的名畫，所以當這幅畫隨著時光的流逝而日漸褪色時，當地人都感到格外惋惜。」

法庭內的螢幕上投影出一張證據照，那是一幅以藍色為基調的不動明王古屏風畫。

「田沼幸吉先生也是其中之一。」

黛走到證人席的田沼幸吉身邊，鼓勵似地把手放在他的肩膀上。對方雖然是個七十八歲的老先生，但卻戴著一頂紅色畫家帽，繫著一條紅色圍巾，打扮得像個十足的藝術家；然而，相較於那一身亮麗的服裝，臉上的表情卻黯淡無光。

「所以他才自告奮勇地無償接下修復畫的工作，而且他個人曾三度贏得板橋區繪畫大賽呢，實力不容小覷！……最後，修復的結果變成這樣。」

黛把螢幕畫面切換成另一張證據照，螢幕上出現的是一幅……不知道算畢卡索風還是塗鴉風的不動明王，總之和原來的版本截然不同，反而有點胡搞瞎搞的感覺，這幅畫不僅失去了原本的魄力，而且硬要說起來，根本就變身成一隻全身藍色的搞怪吉祥物了。八卦節目連日來的報導讓這樁訴訟案備受矚目，旁聽席上的聽眾也以媒體記者為大宗。

「這幅畫究竟是被塗鴉給毀了，還是在修復過程中過度發揮，看法因人而異，但是請各位不要忘記，田沼先生的修復工作才進行到一半，如果住持沒有強制中斷而讓他繼續修復的話，說不定會出現戲劇性的轉折，讓原本的不動明王重新現身啊。你說是吧，田沼先生？」

黛自信滿滿地提問，田沼本人卻沒什麼自信地歪著頭。真是的，我到底在為誰辯護啊？黛不禁想開口叫當事人振作一點。

「田沼先生！」

黛提高音量。

「啊，是的……」

田沼猛然回神答道。他的反應簡直就像正在打瞌睡的學生被老師罵醒了一樣。黛不以為意地繼續說：

「還請各位不要忘了，這是來自一位民間藝術家的善意行為。」

很好，大勢已定。黛胸有成竹地看著審判長。

最後判決下來了。

「被告必須賠償原告五千萬圓，並且從二〇一二年十一月二十日開始到清償完畢為止，每年支付百分之五的金額。二，訴訟費用由被告負擔……」

……敗訴了。

「又要被鄙視了……。」

黛趴在桌上搔頭的模樣，被生動地描繪在法庭畫家克明的筆下。

＊

遼闊的藍天，壯麗的景緻，凜冽而清新的空氣——。

滑雪場上，別府敏子靠著腳下的雪板描繪出一道美麗的痕跡，眼前這一望無際的景色是為白雪所覆蓋的阿爾卑斯山。周圍看不到其他滑雪客，別府盡情地享受著滑雪的快感，就在她滑至山腰地帶時，後方突然傳來滑過斜面的輕快聲響。她和緊追在後的滑雪客頓時展開一場勢均力敵的競賽，她一邊加快滑速一邊用餘光觀察，發現是一名身穿黃綠色滑雪裝的男子；經過一陣激烈競速後，那位男子終於把她甩在後頭。

算你厲害！

別府心裡剛浮現這樣的念頭，男子就瞬間失去平衡，在她眼前倒了下來。她嚇得趕緊停下腳步，滑向倒地不起的男子身邊。

「您沒事吧，先生？」

別府摘下護目鏡，在天空和白雪刺眼的光線下眯起雙眼用法語問道，只見男子動作遲緩地起身。

「我以前玩過越野滑雪，所以一不小心就得意忘形了。」

摘下護目鏡的是個日本人，而且年紀看起來似乎比自己的父親還大？這一點讓別府感到相當吃驚。

「您是日本人嗎？」

「❷Oui, mademoiselle.」

哈哈哈！這名自稱服部的男子，爽朗的笑聲響徹了整座滑雪場。

「您沒事吧？」

「沒事，我的同伴在附近等我。」

「那我帶您去找他。」

別府連忙把肩膀借給服部，而服部就在別府的攙扶下緩慢行走。

「啊啊，就是那個人。」

走了一會兒後，一名身穿黑色滑雪裝的男子站在前方仰望著群山，那人穿著合身的競技用滑雪裝，似乎是一位專業的高手。

「今天的馬特洪峰依舊是那麼地美麗。」

男子一邊用法文喃喃自語一邊回過頭來，不偏不倚的三七分瀏海在強烈的日照下閃閃發亮——他正是古美門研介！

「不好意思，您是他的同伴吧？」

別府向古美門開口。

「他是我的雇員。」

「他好像傷到了腰。」

「……是這位小姐好心助我一臂之力的。」服部說。

「哎呀哎呀，這怎麼好意思呢，雖然不知道您是哪位善心人士，不過如果只是開口言謝，我的心裡可真過意不去，剛好現在高跳台禁止使用，我也正閒得發慌，不如讓在下邀請您到我住宿的飯店享用主廚的特製晚餐吧。那裡的鵝肝、起司火鍋以及❸跟野澤菜餡餅簡直一模一樣的可麗餅，樣樣都是極品啊。您願意與我們同行嗎？」

古美門動個不停的嘴皮子讓別府毫無招架之力，只能點了點頭。

「好了，服部叔，別光站在那裡，快來幫我把雪板脫掉！」

原本僵直地站在原地的古美門，再也撐不下去似地往旁邊倒了下去。

「好的，在下現在就過去！」

服部急忙衝向前去幫古美門脫掉雪板。

「呃，您的腰沒事了嗎？」別府問。

「沒事，我已經完全恢復了。」服部笑容滿面地回過頭。別府不禁歪頭心想，這到底是怎麼一回事。此時，有人的手機響起。

「律師，是黛律師打來的。」

服部從自己的口袋拿出手機遞給古美門，沒想到他卻直接掛掉電話，把手機還給服部。

「麻煩你把她設為拒接來電。」

接著古美門再度轉身面向別府。

「不好意思，我們可以出發了。」

古美門說得一臉臭屁，但其實他們要去的地方根本就是別府留宿的飯店。雖然別府內心感到相當掃興，但還是決定跟這對可疑二人組一起下山。

＊

嘟──嘟──嘟──。

手機被掛斷了。

「……搞什麼啊！」

黛二話不說就把手機往牆壁上扔。

「……我看我乾脆也去一趟白馬村算了。」

被留下來看門的黛，咚的一聲橫倒在事務所的沙發上。就在這時，室內電話響起，她不情不願地起身拿起話筒。

「您好，這裡是古美門法律事務所。」

電話那一頭的人，聲音聽起來非常憔悴……。

＊

兩天後，柴火劈啪作響的飯店大廳暖爐前，別府正一邊啜飲著紅茶，一邊辦理退房手續。

「❹Merci beaucoup.」

別府對著取來信用卡簽單的櫃檯人員道謝，接著喝了一口紅茶後，耳邊突然傳來一陣擾人的聲音。

「我的腳昨天被妳踩了這麼一下，到現在還是又腫又痛，所以我在想是不是該向妳求償，並以傷害罪提出刑事告訴。」

單腳包著繃帶的古美門大聲嚷嚷著走了過來，一手還裝模作樣地拄著拐杖。昨天晚上別府確實用盡吃奶的力氣踩了他一腳……。

「那是對你的猥褻行為做出的正當防衛。我也可以提出刑事訴訟，告你強姦未遂。」

真是的，這個男的有夠煩人的，別府一臉不耐地撂下狠話。多虧了古美門的大嗓門，現在大廳裡的所有客人都在看著他們。

「妳連續兩天來我的房間，還開了四瓶瑪歌酒莊的葡萄酒，說妳沒那個意思，恐怕沒有人會相信吧。」

就在古美門一屁股坐上沙發扶手的同時，別府也匡啷一聲把喝完的紅茶杯放回茶托上，俐落地站起身來。

「有沒有人會相信，我們上法院就知道啦？」

「有意思，看來妳還不曉得本大爺是誰。」

古美門猛然站起身來。看來他的腳傷果然是裝出來的。

「我知道啊，你就是個自以為有錢了不起的混蛋。」

「妳才是來這裡釣男人卻沒眼光分辨極品高帥富的自大女啦！妳以為妳很漂亮嗎？要我說的話，臉蛋頂多六十五分，身材四十分，個性負分……」

話還沒說完，別府狠狠地用鞋跟踩了古美門沒穿鞋的那隻腳，也就是昨天晚上被踩的同一隻腳。

「哎喲●◆★■！」

「哎呀，真是抱歉啊。」

別府正眼也不瞧古美門一眼，就讓飯店員工幫她披上白色毛皮大衣，踩著高跟鞋揚長而去。

「竟然又給我來這招……，當心我真的去告妳！」

一邊叫囂一邊在沙發上拳打腳踢的古美門，不經意地瞥見坐在對面的歐美女性，裙下露出一雙修長的美腿，整個人頓時又振奮了起來。

「……不然來找個優雅的法國美人吧。」

外頭明明是冰天雪地，飯店內卻隨處可見打扮清涼的金髮美女。坐在沙發上的短裙辣妹撩人地翹起修長的美腿，走在另一頭的美女像模特兒般搖曳生姿……真是太養眼了。顧盼之間，有個女人正朝著古美門的方向快步走來。她身上的灰色套裝就像個正在參加就職活動的學生，黑色襪子拉長到小腿肚，黑色樂福鞋在經年累月的風雨摧殘下已經磨損得破舊不堪……，而且竟然還有一雙外八腿。

「……我在做噩夢嗎？」

古美門定睛看著眼前的這號人物。

「Bonjour.」

站在古美門面前的人舉起單手向他微笑。

「但願我看見的只是一個長得跟她很像的外八腿法國人。」

但這並不是幻覺，眼前的人正是黛本尊。她把雙手放在古美門的肩膀兩側，推著他站起身來。

「因為電話打不通，所以我就直接過來了，我們回日本吧，有件案子一定要你出馬才行。」

黛笑瞇瞇地抓起古美門的手臂。古美門也搖搖晃晃地隨著她邁開步伐……。

「我拒絕。還有妳被 fire 了～～～～！」

瞬間變臉的古美門用力甩開黛的手，不留情面地指著她的鼻子。

附有按摩浴缸的蜜月套房，加上隨侍在側的服部，真是一段優雅的假期啊——。古美門帶著微妙的表情回到房間後，服部滿心疑惑地詢問究竟發生了什麼事？直到古美門指了指身後，才發現是黛踩著一雙外八腿跟了過來。

轉眼之間，古美門已經脫得一絲不掛，整個人泡進按摩浴缸裡了，浴缸裡滿是泡泡，從窗外看出去是一片遼闊的雪景。古美門浸在溫熱的洗澡水中，邊喝香檳邊欣賞雪景，人生至此，夫復何求啊。一舉起酒杯，服部就主動添上第二杯香檳，閉上雙眼，細細品嚐口中的滋味，不過為什麼從剛才開始一直有噪音在耳邊轟轟作響呢？難道是錯覺嗎？不，那不是錯覺。是黛站在按摩浴缸的出入口，喋喋不休地說明著案件的內容。

「國中生的霸凌問題嗎……」

服部正代替古美門瞭解事情的來龍去脈。

「和彥同學到現在都還處於昏迷狀態，之後能不能恢復意識都還是個未知數……但校方竟然打算以意外事件來弭平這件事。」

黛身上穿著俗氣的大衣，手裡提著俗氣的包包，不顧一切地想說服古美門。

「怎麼妳帶來的永遠是一些病原菌啊。」古美門看了看黛，想也不想就從浴缸中起身，原本泡在按摩浴缸裡的古美門當然是全身赤裸，服部手忙腳亂地用托盤遮住他的重要部位，黛也幾乎在同一時間飛快地轉過身去。

「被霸凌的人也有問題啊。」

「你這麼說是不對的！」黛繼續背對著古美門提出抗議。

「怎麼可以為了隱瞞問題，排擠被霸凌的人，保護霸凌別人的人呢！這根本就是日本教育根深蒂固的黑暗面嘛！」

「妳今天依然是晨間劇女主角全開模式啊，我最討厭小屁孩跟學校了。」

更何況古美門對霸凌問題一點興趣也沒有，再說他本來就很討厭團體生活，這些事情即使是黛這種後知後覺的人也早該知道了啊。就算她是個正義指數破表的晨間劇女主角，至少該對他和她之間的差別心裡有數吧。古美門愈想愈氣，再度從浴缸中站起身來。

服部慌忙用托盤擋住前方，黛露出一臉不舒服的表情轉身背對古美門。

「如果妳無論如何都希望我接下這件案子的話，就帶著現金一千萬，不，帶著兩千萬來找我！」

古美門高聲放話道。

「委託人早年喪夫，靠著在便當店打工賺來的錢，一個人含辛茹苦地把兒子……」

「比起小屁孩和學校，我更討厭窮人。」

古美門不假思索地打斷黛，不過，這正是古美門研介一貫的行事作風。他戲謔地把鼻子也浸入按摩浴缸中，咕嚕咕嚕地吐著泡泡。

「律師……幫助受苦的人可以換來金錢買不到的快樂。」

「才怪！」
古美門大力否認後，不屑一顧地把雙手放在按摩浴缸的邊緣。
「看來只能由黛律師親自出馬囉？」
擔心古美門再度從浴缸中激動起身的服部，一邊用托盤擋住黛的視線一邊說道。
「我也想這麼做啊……但最不甘心的就是我不曉得自己有沒有辦法打贏官司。」
「當然是百分之一百二十打不贏啊。」
古美門對著垂頭喪氣的黛說。
「所以我才特地飛到法國來，低聲下氣地拜託您啊，我也是千百個不願意啊！請您接下這件案子吧！」
「我偏不！我偏不！我現在正在放大假！」
古美門像個鬧脾氣的孩子似地在按摩浴缸中踢水。
「這種地方跟長野的白馬村根本沒什麼兩樣不是嗎！」
「哪裡像白馬村啊？差多了好嗎！」
古美門再一次起身。
「就是白馬村啦！不管怎麼看都是白馬村啊！白馬——！」
即使背對著古美門，黛依然不肯在這場脣槍舌戰中認輸。
「閉嘴！我的律師費就是兩千萬。妳去告訴她，付不起這麼多錢的窮人，要不就乖乖地忍氣吞聲，要不就跟妳這種四流律師一起自殺，然後化為粉塵消失在這個世界上！」

話一說完，古美門便光著身子從浴缸中走回房間。跟在後面的服部順手將托盤換成了浴巾。

「我來替她墊付。」

「我不會再吃妳那套了！別忘了妳還欠我一屁股債沒還哩！」

古美門心想，這樣妳總算沒話說了吧，誰知道……

「……這附近有賭場吧？」

黛口中突如其來地冒出這麼一句話。

「妳說什麼？」

古美門側臥在沙發上，腰上還圍著服部幫他披上的浴巾。

「服部叔，您可以教我玩法嗎？」

「是。在下曾經在拉斯維加斯擔任過荷官。」

服部和藹地點了點頭。說起古美門事務所的服部，他可是個閱歷豐富、過往事蹟成謎且又無所不能的男人……。

古美門表現得一副事不關己的模樣。反正她愛怎麼做都不關他的事，要賭就讓他們倆自己去賭。

夜裡，黛和服部一同前往鬧區。在一片漆黑的雪地中，兩人站定在一棟建築物前，繽紛絢爛的霓虹燈不停閃爍。

「進去吧。」

「好。」

黛與服部對視一眼後，乘著外八腿的氣勢衝了進去。在這座豪華的賭場內，她的造型顯得相當格格不入，不過這種小事她根本不放在心上。

總之先挑戰百家樂看看吧，賭一賭自己的新手運。

但結果卻非常……。

「百家樂真的好難喔……」

回到古美門的房間後，黛精疲力竭地癱坐下來。

「廢話，妳這個笨——蛋！」

躺在沙發上徒手抓沙拉來吃的古美門，面帶嘲弄地把一顆小紅蘿蔔放進嘴裡。

「對了，服部叔，乾脆我們毛遂自薦當學校的辯護律師吧，說不定可以大賺一筆。」

古美門對服部說完後，只見他默默翻倒皮箱，把一疊又一疊兩百或一百面額的歐元紙鈔倒在桌上。

「……什麼？」

古美門驚訝地幾乎發不出聲。

「我只賺了十五萬三千六百歐元……」

黛深感無奈地嘆息道。

「換算成日幣就是一千八百零一十二萬四千零三十圓，據說是那家賭場開業以來最高的獎金，在下從來沒見過這麼有賭博天分的人。」

服部對古美門說。

「沒辦法了，剩下的就讓秀美女士自己出吧。」

黛垂頭喪氣地說道。

「快用那個才能走上妳該走的路吧。」

這條路根本就比律師好賺多了啊，古美門發自內心給黛建議，但她卻笑著站起身來，完全把他的話當成耳邊風。

「好了，古美門律師，我們回日本吧！回去以後你就要化身成捍衛正義的律師了！」

黛從兩側緊揪起古美門的上臂，強迫他從沙發上站起來。然後直接把人高高舉起，像是準備一鼓作氣把人帶回日本似地。在這種漂浮在宇宙空間中的狀態下，平常口齒伶俐卻弱不禁風的古美門也只能踢著雙腿吶喊道：

「服部叔，麻煩你幫我把這傢伙埋在馬特洪峰的萬年雪底下。」

「……這是犯罪啊。」

服部冷靜地規勸古美門。

＊

回到日本後，黛帶著古美門前往拜訪委託人秀美，而尚未恢復意識的和彥依然躺在重症照護病房中。

「小和，律師來看你了唷，他說會幫我們打官司呢。」

身穿格子襯衫和灰色連帽外套的秀美，輕聲呼喚著病床上的和彥。

「和彥同學，你聽得到嗎？」黛掀起棉被一角，伸手握住他那包著網狀繃帶的手。

「古美門律師從來都沒有輸過喔。他一定會幫你討回公道的……」

當黛正準備向和彥介紹這位就是古美門律師時，一轉頭卻沒發現任何人影。掃視病房一圈……古美門正在門外摟著年輕護士的肩，嘴裡嚷嚷著腳好痛好痛，還脫下鞋襪讓護士小姐摸他光溜溜的腳。

「我好擔心我的骨頭是不是裂開了，妳能幫我摸摸嗎？」

古美門對著不知所措的護士撒嬌，完全不顧旁人眼光。黛走上前去，用力對著他硬塞在護士手裡的腳背拍了一下。

「Ouch！」

痛得直跳腳的古美門被連拖帶拉地揪到秀美與和彥身邊。

「請你握著和彥同學的手跟他說話！」

「不必了。反正說了也不曉得他聽不聽得到，而且我一向不握國中男生的右手。」

古美門一邊說著讓場面尷尬的話，一邊坐上病床穿起襪子。黛趕緊把他推開，讓病床恢復原狀。被趕去一旁的古美門，這一回又在旁邊的椅子上坐了下來。椅子上雖然放著秀美的環保袋，但他還是毫不客氣地坐下去穿起了襪子。

「和彥媽媽，妳有任何證據可以證明和彥在學校被同學欺負嗎？」

古美門問。

「……沒有，這孩子什麼都不肯說……」

聽著秀美細如蚊蚋的回答，黛趕緊又讓古美門從椅子上站起來。

「那妳認為他被欺負的根據是？」

「……這……」

秀美一時語塞，黛便開口替她回答。

「和彥同學從小就有懼高症，而且嚴重到連天橋都不敢走，所以他根本不可能開這種從頂樓跳出去的愚蠢玩笑！」

「但國中男生基本上都是愚蠢的啊。」

「麻煩你嘴巴放尊重一點！」

黛立刻糾正他。

「……你可以說這是我個人的任意推測……但是我真的是這麼覺得的。因為我是他的媽媽。」
秀美雖然語帶保留，口氣卻充滿了身為母親的確信。
「……我們會立刻提出告訴。提告的對象是設置學校的市政府、加害者及其父母。」
黛正準備詳細說明訴訟的內容，古美門卻斷言道：
「不，去掉加害者及其父母，我們要專攻學校。」
「什麼？但按照道理來說，應該要告三方才對啊。」
「管他什麼道理不道理的。」
古美門直接推翻黛，轉身面向一臉不安的秀美。
「妳覺得一億元的損害賠償夠嗎？不然再加上給妳的精神賠償一千萬好了。」
「這麼多？」
秀美瞪大雙眼。
「妳可以收購妳打工的便當店，自己當老闆了。接下來就衷心希望妳的兒子能早日康復囉。」
古美門的手勾搭上秀美的肩，「啾」的一聲送上一個飛吻，接著便甩頭離開病房。後頭的黛急忙跟上他的腳步。

「沒問題的，和彥一定會好起來的！」

走廊上，黛快步跟在古美門身後，自言自語地打氣道。

「他不好起來的話，我們就輸定了。」

古美門直視著前方，雙腳繼續前進。

「……什麼？」

「霸凌官司遠比妳那空空如也的腦汁所想的要難多了好嗎！」

說完，古美門更加快腳步匆匆離去。

＊

寬敞的辦公室內，律師三木長一郎正坐在辦公桌前唉聲嘆氣。他手上握著一幅裝有沙織照片的相框，直勾勾地望著三木的渾圓雙瞳，玫瑰色的臉頰……，牠所有的一切都是如此地惹人憐愛，教人無法忘懷。

為什麼妳離我而去了呢？沙織……。

世上再也找不到像妳一樣的倉鼠了……。

三木慈愛地撫摸著照片，此時，秘書澤地君江走進辦公室。

「我把客人帶來了。」

身穿紅色洋裝的澤地一轉過身，三木手下的年輕律師井手孝雄便帶著委託人走進辦公室，來者是兔丘中學的校長和兔丘市教育委員會的教育長。

三木走向沙發區與他們相對而坐，並從對方手中接過訴狀。

「我們已經進行過嚴密的調查了，但還是無法確認是否曾經發生過霸凌事件。」

教育長開口。

「說什麼霸凌，根本就是造謠生事啊。總之我們希望能夠儘快息事寧人……。」

校長緊接著開口，卻見三木露出一臉為難的表情。

「很抱歉，事情恐怕比您想像的棘手，因為對方的辯護律師是個擅長興風作浪、煽風點火、搬弄是非、無中生有的人，我們只能奮戰到底了。」

在寫著「東京地方法院民事庭公鑑」的訴狀上，「原告法定代理人」的欄位是古美門研介和黛真知子，原告是從屋頂上掉下來的小暮和彥及他的母親小暮秀美。

教育長和校長頓時浮現不安的表情。

「請二位放心，他們絕對不是三木長一郎律師的對手。況且我們對古美門律師的伎倆瞭若指掌。」

為在座的人端上咖啡後，澤地悠然地坐在三木身旁的沙發扶手上開口說道。

「這樣啊，那勝負的比例是？」

教育長一開口，三木頓時呈現一臉僵硬的表情。

「我們對古美門的勝負比是多少啊？」

三木裝傻地看著澤地的臉。

「其實根本就全部都輸……」

井手得意忘形地半站起身來，三木趕緊用手打了他的額頭一下，好讓這小子閉嘴。

「幾乎都是我們贏吧？」

「我不記得我們有輸過啊。」

三木和澤地相視微笑。

「本來像這樣的霸凌官司就從來沒有校方敗訴的案例。讓我們一起打敗他們吧。」

三木與教育長、校長達成了合意。

喀、喀、喀、喀。夜晚的辦公室正響起剪指甲的聲音。每次三木指甲變長時，就會像這樣讓澤地替他剪指甲。

「所以這件案子，您打算讓誰負責呢？」

澤地問三木。

「小、小的願意毛遂自薦！因為小的年輕有為……」

井手迫不及待地自我推薦，但三木和澤地卻把他當透明人似地，繼續兩人之間的對話。

「我想讓他試試看，那個新來的。」

三木撇嘴一笑，直接忽略井手的存在，「您是說那個前景可期的厲害新人吧？」澤地也雙眼一亮地說道。

「這會是一次很好的經驗吧。」

「恕、恕我直言，對第一年進事務所的他來說，這份責任太重大了。小的在您手下已經累積了足夠的經驗，所以現在的我一定能夠打敗古美門律師……」

井手不肯輕易罷休，但三木和澤地已經拿起了大衣和手提包，準備離開辦公室。

「去吃義大利菜嗎？」

「偶爾吃個壽司您覺得如何？」

「喔，也好啊。」

此時，正準備開門的三木突然回過頭來。

「……你是叫伊藤嗎？」

「我叫井手……」

「燈記得關掉。」

三木和澤地一前一後地離開了，留下井手獨自一人沮喪地心想，老闆竟然到現在都還不記得我的名字。

＊

「Q1　你覺得這個學校（班級）有霸凌事件嗎？」

「A1　感覺有看過　1％

可能看過　1％

沒什麼印象　95％

可能有看過但也有可能不是　3％」

黛看著校方提供的「兔丘中學霸凌實情調查結果」，眉頭不禁皺了起來。

「含糊不清的提問跟模稜兩可的回答，這麼粗糙的實情調查，虧他們拿得出手！」

這種問卷根本不可能調查出霸凌的實情，校方毫無誠意的回應，反而讓黛更加怒火中燒。至於古美門，他正坐在翻閱資料的黛面前，吃著已經不算早的早餐。現在明明都快中午了，他卻穿著睡衣、披著長袍，頂著一頭亂七八糟的頭髮。順帶一提，他身上的睡衣跟睡袍還是服部親自挑選的高檔貨。

「學校是為了老師而存在的，而不是為了學生，所以他們保護自己也是理所當然的啦。」

就在古美門一邊咀嚼著鬆餅一邊說話時，「叮咚！」門鈴聲突然響起。

「客人似乎到了。」

服部前往玄關應門，回來時身後跟著三木和澤地兩人。

「打擾你吃飯了。」

「我們又要在法庭上相見了呢。」

三木和澤地一副把這裡當自己家的樣子，毫不客氣在沙發上坐了下來。

「這個國家好像就只有我們這兩家事務所呢。」

古美門眼中盡是嫌棄地回嘴道，這不知道是他第幾次跟三木交手了，兩人不僅是宿敵，也是他目前為止交手過最多次的律師。

「負責本案的律師說他無論如何都想來跟你打聲招呼。」

「他是個剛踏入律師界、初出茅廬的新人。」

三木和澤地先後開口。

「你們把這件案子交給新人負責？」

黛聽完的當下立刻作出反應。

「想不到你們缺人缺到必須要找個滿臉青春痘的小毛頭來跟我鬥的程度啊，不過這樣他不會太可憐嗎？初戰的對手就碰上我這個世界冠軍，將來他要想東山再起恐怕很難囉……」

古美門脫下睡袍，開始對著空氣做出拳擊的動作，此時一名年邁的男子緩緩走了進來。男子一頭白髮、滿臉鬍鬚，清亮的眼神十分銳利……。年紀看上去跟服部差不多，外表看起來是個不好對付的老人。

「在下是新手律師勅使河原勳。」

勅使河原以低沈而穩重的嗓音進行自我介紹，古美門和黛都看得目瞪口呆。

「這是我的小小心意，請收下。」

勅使河原遞上一只麻袋，袋口處隱約露出某種鳥類的腳。

「這是……？」

接過麻袋的服部問道。

「山雞，是我昨天獵到的。」

「獵、獵到……？」

黛懷疑起自己的耳朵。

「在秩父獵到的，『砰！』的一聲。」勅使河原一邊解釋一邊做出操作獵槍的姿勢。

「是在下的小小興趣。」

「這隻山雞可真壯碩啊，而且子彈還在裡面呢。這是六號彈對吧？」

服部從麻袋中取出山雞。看見山雞的屍體，黛趕緊移開視線。

「喔，你也有在玩獵槍嗎？」

勅使河原眼睛一亮。

「我以前曾經在阿拉斯加獵過海豹。」

服部和勅使河原聊了起來，兩人的氣勢簡直不分軒輊。

「律師，今晚就煮山雞火鍋吧。」

服部看向古美門，古美門雖然一身睡衣打扮、頭髮亂七八糟，但還是故作鎮定地挺起胸膛，擺出沒在怕的姿勢面向勅使河原。

「你就是古美門律師嗎？久仰大名，幸會幸會。」

勅使河原大方地向古美門伸出手。古美門若無其事地保持著優雅的姿態與他握手……。

「哎唷……！」

勅使河原的握力讓古美門的臉不禁皺成一團。

「……喔，原來如此。我只要與人握手，就可以摸清對方大概是何等人物。律師的手嘛，嗯，跟米克·傑格很像。」

「米克·傑格……？」

黛歪了歪頭。

「我以前曾經邀請他到日本來。」

「勅使河原律師曾經營過多家企業，在各行各業都是成功人士呢。」澤地介紹道。

「賺錢對我來說已經了無新意了。」

敕使河原自顧自地在沙發上坐了下來，三木繼續介紹道：

「敕使河原律師在即將邁入六十大關之際，突發奇想想挑戰新的領域，而且他的司法考試還是一次合格。」

眼見自己的位子被敕使河原搶走，古美門只好悶不吭聲地站在他旁邊。

「運氣好而已。不過古美門律師，律師這一行還真不錯啊，沒有資歷深淺之分，只要站上法庭，人人都可以是戰士，我現在就已經感到熱血沸騰了。」

滿臉笑容的敕使河原抬頭看向古美門。

「當心你的血壓吧。」

古美門坐在桌上翹起二郎腿，從正面死盯著敕使河原。

「我們就直接進入正題吧，校方希望和解。」

敕使河原也直勾勾地回盯著古美門說道。

「和解金的部分我們會盡量爭取。」

「不過我們不接受『原因是校園霸凌』的說法。」

澤地和三木輪流補充說明，黛一聽就激動地走上前去。

「我們拒絕！秀美女士就是因為無法接受校方這樣的態度，所以才提出告訴的！我們不可能接受和解！」

「真是位氣勢十足的小姑娘，還請妳手下留情啊。」

敕使河原佩服地說道，並站起身來朝黛伸出右手。
「啊，敝姓黛。」
黛也伸出右手。
「喔～，這隻手感覺好像……嗯，應該是瑪丹娜吧，不對，又好像小甜甜布蘭妮。我有點想不起來妳這隻手像誰了。」
「應該是像瑪丹娜吧……」
被說像瑪丹娜的感覺並不差嘛。黛不禁露出嬌羞的表情。
趁著敕使河原站起來的機會，古美門手腳俐落地鑽回他的沙發上，並高聲宣告道：
「敕使河原律師，我就藉此機會以前輩的身分奉勸你一句！想跟我談和解？你還早三十年呢！」
「三十年嗎？哎呀，看來我不活久一點還不行呢。」
敕使河原哈哈大笑了起來。
「如果您方便的話，請讓在下為您準備午餐吧。」
服部提議道。
「不必麻煩了，我這就要告辭了。」
敕使河原開始準備移步。
「那我們就在法庭上見吧。」

古美門也以送客的姿態迅速站起身來。

「在下一介新人，恐怕會有很多地方給您添麻煩，屆時還請您多多指教了。」

敕使河原在走向玄關的途中，從餐桌上順手拿起一個鮭魚酪梨卷放入口中。他的動作一點也不粗魯，反而相當優雅。

「好手藝。」

敕使河原朝著服部豎起大拇指，並與他相視微笑。接著便在竊笑的三木和澤地陪同下，大搖大擺地離開了。

「這個人說的話跟他身上散發的氣場還真是天差地遠啊……」

「看來司法考試也該規定年齡限制了。」

黛和古美門完全被敕使河原的氣勢給壓倒，卻還是像在觀察什麼可疑人物似地，目送他的背影離去。

＊

於是，第一回的口頭辯論日終於到來——。

古美門和黛才走進東京地方法院的民事法庭，敕使河原就已經坐在被告方的座位上了。對方一見到古美門和黛準備入席，便對著他們露出高深莫測的微笑，不知是在向他們打招呼，還是在給他們下馬威。

「他不管怎麼看都像是個一流的老手啊……」

黛已經開始感到退縮了。

「別自亂陣腳。」古美門故意提高音量，瀟灑地脫下身上的大衣往身後扔。

「不過就是個年過花甲還背著書包的稚嫩一年級小鬼頭罷了，根本就不是我的對手。」

黛一邊鎮定緊張的情緒一邊打開記事本。

「書記官說這一次的審判長好像也是新到任的法官。名叫別府敏子，是一名女性。」

「那更好了，女法官通常更傾向於同情被霸凌的學生。看來這一回我是勝券在握了。」

就在古美門竊笑著把腳翹上桌時，三名穿著黑色法袍的法官正好走入法庭。

「起立！」

職員的聲音一出，法庭內所有人同時起立。古美門也慢吞吞地站了起來，然後朝法官席瞄了一眼。在審判長的位子上，一名女性正瞪視著古美門……她的臉看起來相當眼熟……。

是那個在法國滑雪場遇到的瑪歌酒莊女！古美門的臉瞬間僵硬，轉身背對別府，困窘地看著黛。

「怎麼了嗎？」

「……輸了。」

古美門露出戲劇化的表情，僵直地坐回原位。

「蛤？」

黛還來不及意會過來，別府就開口宣布：

「那麼，現在開庭。」

與黑色法袍格外相襯的別府，看上去就像是在向眾人高聲宣示：任何事情都無法沾染我的中立！

*

「和彥同學直到今天依然在努力奮戰中，招致這種悲劇的罪魁禍首，全都該歸咎於一味漠視霸凌現象的學校。這不但是一件強制既傷害事件，甚至說是殺人未遂也不為過！」

古美門一開口陳述，就像如魚得水般流暢自得。他走到旁聽席前，對著正在打瞌睡的記者繼續陳述，記者見狀也急忙打起精神。

「審判長！」

敕使河原舉手打斷了古美門滔滔不絕的陳述。

「被告代理人。」

別府同意敕使河原發言。

「我們今天只是來確認訴狀內容的吧？原告代理人卻已經開始陳述意見了。」敕使河原說的沒錯，今天舉行的「口頭辯論」，目的只是確認先前提出來的書面內容而已。

「被告代理人說的沒錯。原告代理人，請適可而止。」別府說道。

「審判長，我的用意只是希望讓您瞭解本案的重要性。」古美門走上前去，激動地向別府聲明自己的立場，更何況他怎麼可能不知道審判的程序呢？這是他個人風格獨具的表現方式。

「請適可而止。」

但別府並不予理會。

「這件案子關乎當今日本所有中學的霸凌現象……」

「我說請適可而止！」

就在古美門噤聲不語之際，敕使河原趁機開口了。

「另外，原告代理人似乎有任意濫用煽情詞藻之嫌。這恐怕……是一種相當危險的手法啊。」

「本席也這麼認為。」別府也表示認同。「古美門研介律師，你在法庭上的態度似乎過於自由了，其他的法官或許無所謂，但是我的法庭絕對不允許你這麼做，請你嚴守法庭上的規則與道德，本日就此休庭。」

別府用像戴著❺能面般冷酷的表情說完後，隨即宣布退庭。審判長一從座位上起身，勅使河原和旁聽人也陸陸續續離開法庭。

「她好像真的看你不順眼耶。」

黛走向全身不停顫抖的古美門，從背後靠近他耳邊小聲說道。

「真是個喋喋不休的審判長啊。」

古美門抓起證人席上的麥克風大吼，接著對黛下達指令：

「去把我的忍者叫來！」

＊

當天晚上，加賀蘭丸來到古美門法律事務所。他是古美門僱用的無名演員，檯面下的身分則是職業間諜，他就是古美門口中的「忍者」。

「蘭丸，我要你潛入兔丘中學內部收集情報。」

「交給我吧！」

蘭丸氣勢高昂地接下任務，然後迅速換上一套學生制服，一口麵包一口牛奶地扮起了……。

「我很高興你這麼有幹勁，但扮成轉學生未免也太不像話了吧！」

古美門敲著桌子站起來。蘭丸的外表再怎麼年輕，都已經是年近三十的人了，再加上那高高的個子和裝模作樣的髮型，怎麼看都不像是個國中生。

服部從吊著各式服裝的活動式衣架上拿起其他套衣服。

「不然，扮成足球社的臨時教練。」

這一回蘭丸換上了運動服，從服部手中接過一顆足球。

「我看我頂多只能踢個兩下吧……」

正如本人所說，蘭丸踢了兩下以後，足球就飛到遙遠的另一頭去了。

古美門開始抱頭思索。

「這次要你潛入內部恐怕不太可能了，況且學校也會加強警備吧。」

在一旁看著他們互動的黛也加入討論，而且她從剛才開始就一直站在鏡子前，偷偷摸摸地不曉得在幹嘛……。

「我說不定可以喔！」

黛穿著水手服露出滿臉的笑容。

「可以個大頭啦！」

古美門立刻用手中的羽毛球拍打出一顆羽毛球，神準地命中了黛。

「這又不是兒戲！」
「不過，霸凌的證據很難找吧？」
服部面有難色地說。
「因為霸凌別人的人根本毫無自覺吧！回想起來，我自己以前也有一些行為感覺很像是在欺負別人。」
蘭丸的話讓服部默默點頭。
「律師的個性那麼討人厭，難道都沒有被人霸凌過嗎？」
黛對著古美門問道。
「沒啊。因為他們應該都知道，誰要是欺負我的話，絕對會被我用盡一切手段五百倍奉還的吧。」
古美門邊說邊揮舞著竹刀。
「確實是這樣沒錯……」
黛深表同意。
「那妳自己哩？像妳這種滿口仁義道德的班級委員，應該最容易成為眾矢之的才對啊。」
「沒有啊，我完全安好。嗯……如果硬要說的話，大概就只有室內拖鞋裡面被放了納豆、在椅子上坐下的時候發現屁股被三秒膠黏住，還有畢業旅行的時候被大家支開，所以只好自己一個人在京都觀光了吧。」
「妳這根本就是超級經典的霸凌啊！」
古美門用一副憐憫的眼神看著黛。
「那是霸凌嗎？」
黛恍然大悟地笑了。
「是啊。」
蘭丸也同情地點了點頭。
「原來我被霸凌了啊……」
黛還是一臉開朗的樣子，看來霸凌對她一點也不管用。

＊

同一時間，勅使河原來到三木的辦公室。
「大概是五年前吧，我在大雪山一帶打獵，然後安排我的同伴把牠逼入死角，由我在正面嚴陣以待，最後『砰！』的一聲，一槍斃命。」
三木讓井手拿著蝦夷鹿頭的標本，驕傲地在勅使河原面前炫耀。
「太精彩了，但願我這一次的官司也能表現得像你一樣好。」

敕使河原佩服地讚嘆道。

「這一次古美門律師應該會千方百計潛入學校收集校內情報，我們已經請校方加強警備了。」

聽完澤地冷靜的分析後，敕使河原提出疑問：

「不過，再怎麼加強警備也不可能守住所有學生，不是嗎？」

「那麼您認為該怎麼做才好呢？」

「不如直接邀請對方過來吧。」

「邀請？」

「這樣好嗎？敵人可是會拿走幾張好牌耶。」

三木沉吟了一下。

「無所謂。不管他們撿走什麼牌，我們只要好好監視就行了。而且，如果是那間學校的話，應該不會有問題的。」

敕使河原似乎已經掌握勝算。

＊

在屈辱的第一回口頭辯論結束幾天後，被告方主動邀請古美門和黛到兔丘中學參觀。

兩人在古美門「討厭小孩！討厭團體生活！也討厭學校！更討厭早起！」的抱怨聲中，抵達了兔丘中學的門口。就在身穿制服或運動服的學生三三兩兩走進校門的同時，古美門和黛也全神戒備地步入校內。

「敵人也真大膽……該不會這是個陷阱吧？」

黛躲在學生背後，不自然地蹲低身子，但旁邊的古美門比她更誇張，整個人呈現匍匐前進的姿勢。兩人看起來都像可疑人物。

「我已經想要回去了～」

「不行啦。」

「妳自己看看，所有人都被迫穿著廉價的運動服，還要進行團體活動，簡直跟監獄沒什麼兩樣嘛！剛才竟然還有個女生在裙子底下穿運動褲，然後頭上戴著安全帽耶。她究竟是想怎樣？」

當古美門正站在一群穿著制服的國中女生面前發揮毒舌功力時，校長在井手的陪同下現身了。

「讓二位久等了。」

聽見校長的問候聲，黛和古美門立刻把腰桿打直。

「你們可以隨處看看，想跟誰說話都沒關係，這裡一切自由開放。來吧，裡面請。」

校長朝著校舍的方向伸出手。古美門和黛正準備移步時，井手趁其不備地掏出了一台手提攝錄機。發現古美門的視線正盯著自己後，井手別有居心地笑著說：「啊，請別介意。」

兩人一開始被帶到的地方是二樓的教職員室。

「早安！」

「哎呀哎呀，真是辛苦二位了。」

教師們臉上堆起滿滿的笑容，爭先恐後地聚集在兩人身旁，古美門和黛有些驚慌失措地被人群堵在入口處。

「來來來，請坐請坐。我來為二位泡茶。」

一名女老師帶著兩人到接待區的沙發上坐下，周圍全部擠滿了該校的老師。

「這次意外真的太令人痛心了。」

一名年輕男老師站在兩人面前，一臉哀痛地咬著下唇。

「以後再也不能讓學生跑到屋頂去了。」

副校長等人看起來幾乎都快哭了。

「是啊沒錯。」

女老師也深深點頭。

「小暮同學一定會康復的，我們要相信他。」

「你們想知道我們學校究竟有沒有霸凌現象吧？我們這裡當然沒有啦。」
眾教師你一言我一語，聽得黛直點頭，一旁的古美門則不禁翻起了白眼。
上課鐘聲響起後，校長又立刻對古美門和黛說：「我帶你們去看二年C班的上課情形。」
「二年C班的學生正在上體育課。應該是男生打籃球，女生打排球的樣子。」
體育館內的情況正如校長所說，分成男女兩邊，一邊在打籃球，一邊在打排球。
「怎麼樣？要不要跟學生們一起流流汗啊？」
「不，不必了。」
古美門答得飛快，黛卻從他背後用力一推，把他推向體育館中央。
「喂喂喂喂。」
這傢伙在幹嘛啊？古美門不悅地瞪著黛。
「縮短跟學生之間的距離，才好從他們口中套話啊。」
黛已經完全切換成女子運動員的模式。但對古美門來說，在運動場上揮灑熱血是他最不拿手的事情了……。兩人甚至正式換上貼有「二C　古美門」「二C　黛」名牌的運動服，混進二年C班的學生之中。
「來一個好球囉！」

黛蹲低身子，接住對方發過來的球。接著把隊友托給她的球用力一扣，漂亮地殺進了對方球場的邊緣死角。

「耶——！」

女學生們歡聲雷動，黛興奮地與同隊戰友們一一擊掌。

不知道是不是受到黛在球場上活躍的表現影響，古美門也變得躍躍欲試。

「我就隨便陪你們玩一下吧！」

混入男學生籃球賽的古美門也開始用手帥氣地運……運球失敗。他只用手拍了一下，球就朝著一個莫名其妙的方向彈走了。在看不下去的學生面前，他好不容易像拍球般笨拙地運到了球，結果一投籃……球竟然不是往前而是往後飛走了。

「好球，再來！大家注意喔！來！」

排球場上迴盪著黛的吶喊聲。「由美子，剛才的托球托得好！」隨著一次又一次攔網或殺球成功，黛不但完全記住了隊友的名字，還開始互相擁抱或打氣。

另一邊的籃球場上……。古美門用❻小欽跑法拼命在全場竄來竄去，但他的隊友只是一個勁地把球在他頭上傳來傳去。

「嘿！嘿！沒人防守我！嘿！好，傳得好！接下來換我秀一手了！嘿！嘿！沒人防守我啊！嘿！Come on！我這邊一直都沒人喔。嘿！」

古美門從頭到尾都只有扯開嗓門大喊的份……下課鐘聲響起的同時，他一個人跑出了體育館。

「嘔——」

古美門累得不禁蹲下來嘔吐，工友阿伯見狀立刻上前關心。

「你沒事吧？」

工友阿伯遞上一張面紙給古美門，而這個畫面也被井手一分不差地錄了下來。

所有課程結束後，終於到了放學前的班級活動時間。古美門和黛站在二年 C 班的教室裡，教室前方貼著「團結一心，其利斷金」的標語。

第六節課的下課鐘聲響起，學生們把椅子倒置在書桌上，然後陸陸續續把書桌搬到教室的後方。古美門和黛兩人都不知道有多少年沒聽過桌椅摩擦教室地板的聲音了。

「真是不禁令人想起過往青澀的回憶啊……」

黛感動地眯起雙眼，彷彿正在看著什麼光彩奪目的畫面。

「我只想到擦拭過某人吐出來的牛奶的抹布味而已。」

古美門歪斜著嘴破口大罵道。

「啊，你們好，我是二年 C 班的班導藤井。」

兩人眼前出現的是笑容可掬的南。她是個身材高挑的女老師，擁有一副就算被形容成是新鮮人也毫不突兀的年輕外貌。年紀的話，可能跟黛差不多吧。

「不好意思打擾了。敝姓黛，這位是古美門律師。」

見到黛低頭致意，南也回以一個親切的笑容，然後轉身面向學生。

「那我們今天就來唱《給我一雙翅膀》吧。」

南一舉起指揮棒，集合在書桌前方的學生們就異口同聲地答道：「好——。」

「啊，因為我有兼任合唱團的顧問，所以我們班放學前的班級活動就是合唱喔。」

南再度轉身面對黛和古美門的方向。

「那真是太棒了！」

「如果妳願意的話，歡迎一起加入。」

「好啊，太好了！」

黛與南互相看著對方點頭道。

「不行。不准唱，絕對不可以。」

古美門急忙阻止黛。

「這是為了拉近跟學生之間的距離，是一種作戰策略。」

「妳那是破壞一切的作戰策略。」

不曉得自己的破壞力有多驚人的黛，隨手把包包交給古美門以後，就加入了學生們的行列。

南按下了CD音響的播放鍵。

「開始囉。大家記得微笑。」

南開始揮舞指揮棒。

♪現在～如果能～許下～一個願望～

學生們開始唱歌。片刻後，南的指揮棒終於指到了站在中央的黛，她已經卯足了勁準備大展歌藝。古美門迅速在胸前劃了一個十字，隨即摀上耳朵。

超級音痴的黛一開口，學生們只能努力專注在自己的歌聲上，才能不被她的聲音拉走……。

♪展翅御風而起～飛向希望～

「好，大家表現得太好了！」

南露出鬆了一口氣的笑臉，熱情地拍手。學生們也紛紛隨著她鼓掌。毫無自覺的黛也帶著天真無邪的笑容拍起手來。

「黛律師實在太厲害了！」

女學生對著她喊道。

「大家也很厲害啊！合唱果然能讓所有人融為一體呢！」

沒聽出學生的話中有話，黛情緒高漲地回到了古美門的身邊。

「你看，這樣不是很成功嗎？」

古美門露出徹底不屑的表情。

「在開始進行班級活動之前呢，因為兩位律師有話要對大家說，所以要耽誤大家一點時間。請。」

南說道。

「真知子——！」

學生們熱烈地鼓掌歡迎黛，她儼然成為班上的人氣女王。

「謝謝，謝謝，我是黛律師。」

黛害羞地搔了搔頭，走到講桌旁面向所有學生。

「相信大家都知道，小暮同學受傷的事情已經鬧上法院了吧？呃……總之，有些話似乎不太適合在這裡講，所以請讓我們私下再與各位聊聊。」

黛一說完，南立刻親切地回應道：「妳不必擔心，任何問題都可以在這裡問清楚，我們可是個什麼話都能講的班級。」

「……我想我們還是私下再問比較好。我可以發名片下去嗎？」

「當然可以呀。」

「如果同學們有話想說或是有任何問題的話，隨時都可以跟我們聯絡喔。」

就在黛忙著發送名片給學生的時候，始終冷眼旁觀的古美門，不經意瞄到了貼在講桌上方的校訓「友情、和諧、博愛」，害他內心更增添了些許寒意。

「對了，趁著這個難得的機會，不如就請律師幫同學們上一堂臨時講座如何？」

南靈機一動對黛提議道。

「不不不，妳太看得起我了……」

黛不好意思地推辭，但見到南滿臉笑容地鼓掌，學生們也鼓譟了起來。

「大家這麼熱情啊？那就沒辦法了。」

既然各位這麼堅持……黛才搔著頭站上講台，下一秒鐘就被古美門兩手一推，「咚！」的一聲飛出了講台。

「各位，注意啦～我這裡只有一件事情要說，希望大家好好記住。」

古美門慢條斯理地拿起粉筆，準備在黑板上寫下一個巨大的文字。他到底想做什麼呢？黛、南和在場的學生們都露出狐疑的表情。

古美門寫了一個大大的「人」字。

「呃……，『人』這個字呢，是靠人和人互相支持所構成的……」

古美門用兩手比出了人字，「才怪！」說完立刻把兩手交叉成Ｘ狀。

「這是一個人岔開兩隻腳站立在大地上的姿勢，是一個象形文字。所有人都是孤獨地出生、孤獨地活著，最後也將孤獨地死去。」

古美門的話讓黛明顯流露不悅的表情。

「國中時期的朋友或人際關係在你往後的人生裡幾乎毫無用處。不僅如此，這些無聊的友情和地緣關係將來只會成為阻礙你自由人生的腐爛枷鎖而已！我就直說了吧，你們這個班級根本就是一坨屎！是一整箱的爛橘子！光是待在這間教室裡我就想吐！」

古美門用手指掃過整間教室的學生。學生們全都一愣一愣地盯著古美門看。

「既然老師說有問題儘管問，那我就不客氣了。青山瞬、高山健人、佐佐岡耕介、金森信，你們是怎麼讓小暮和彥從屋頂掉下去的？你們平常究竟是怎麼欺負他的？」

古美門雙手背在背後，站到四個人的面前，逐一掃視每一個人的臉。

「律師，你這樣說太……」

黛出言阻止，卻仍擋不住古美門的勢頭。

「我們之所以告學校而不告你們，是我們給各位的寬容，這就是為何你們不但不用被處罰，也不必支付賠償金的原因。所以別再猶豫了，快說出事情的真相吧。」

四人皆低頭不語。

「如果你們打算繼續說謊或隱瞞真相的話，我現在就可以卯足全力把你們送上被告席。」

古美門一把抓住青山的立領制服領口。儘管被古美門的氣勢震懾住，青山還是目不轉睛地回瞪著他。

「律師！」

黛慌忙介入阻止，古美門卻充耳不聞。

「不只是你們幾個。想想你們的父親還能像以前一樣正常上班嗎？你們的母親還能到附近去串門子嗎？還有其他同學也是。」

「不要再說了！」

黛終於忍不住爆發了。趁著古美門閉嘴的間隙，南開口說道：

「古美門律師，青山同學他們確實有一點調皮，但他們都是相當為朋友著想的好孩子。當初他們還主動跟內向的小暮同學說話，讓他不至於在班上被排擠。沒錯吧，青山同學？」

「……我跟和彥是好朋友。」青山回答。「說要從屋頂上跳下來也是那傢伙自己開口的……如果我們有攔著他就好了……那個白癡……」

青山說著說著不禁哽咽了起來，南走過去輕輕把手放在他的肩膀上。

「……我想其他同學也都是一樣的想法。小暮同學是我們班上重要的一份子，以前是，以後也是。」

南的一席話，聽得學生們頻頻點頭。

一旁的黛也感動不已。唯獨古美門翹著下唇，不屑一顧地說道：「各位如果還想唱的話，請便。」

＊

古美門用力跺著腳走進事務所，「砰！」的一聲一屁股坐在椅子上。餐桌上已經擺好了服部準備的晚餐，古美門和黛的辯論卻還沒結束。

「她明明就是個很好的老師啊！」

「好到我都快吐了！」

「你到底不喜歡她哪一點？」

「就是那矯揉造作的笑容跟音樂劇明星般的說話方式啊！她所營造出的柔和氛圍把那個班級變成童話王國了。」

「童話王國？」

古美門一邊模仿南揮舞指揮棒的模樣一邊說道：

「偽茱莉．安德魯絲用她那偽善的笑容洗腦了班上的所有學生。」

古美門說的是電影《真善美》當中，飾演把孩子們從《Do-Re-Mi 之歌》開始，培養成一支優秀合唱團的瑪麗亞的那個茱莉．安德魯絲。嗯，南的言行舉止確實有點像是刻意而為……。

「說人家洗腦太誇張了啦。」

黛反駁道。

「妳仔細想想，事情都已經鬧到這種地步了，卻沒有一個人把霸凌當做一回事，所有人都帶著開朗的笑容一起唱歌，妳不覺得奇怪嗎？」

「……所以我也開始糾結啦，那個班上真的會有人欺負同學嗎……說不定根本就沒這回事吧。」

「妳給我清醒點！」古美門在黛的眼前猛彈手指。「這就是我說的洗腦啦！」

情緒激動不已的古美門，嘴巴正大嚼特嚼著服部準備的料理，嚼碎的食物也從他的口中飛得到處都是。

「羊肉的味道還行嗎？」

「非常美味。」

服部在這絕妙的時間點前來幫古美門添倒紅酒。

古美門一回答完服部的問題，就放聲嚷嚷道：「對啦，就是羊肉！」

「蛤？」

黛不解地歪了歪頭。

「他們都是被藤井飼養的羊啦！然後妳今天也成為羊群中的一員了！」

「……但是我真的搞不懂啊……我覺得他們看起來一點也不像在說謊。」

「沒錯，因為他們說的都是真心話。這就是霸凌官司最棘手的地方。」

古美門一邊咀嚼著羊肉一邊說道。

「不過如果毫無收穫的話，就代表要重擬戰略囉？」

服部說。

「服部叔，誰說我們毫無收穫啦？」

古美門放下刀叉，高舉起紅酒杯回應道。

「你得到什麼情報了嗎？」

黛也不由自主地抬起頭來。

「當然啦。而且是在敵人沒察覺到的情況下。」

古美門露出一副自信滿滿的模樣。

＊

同一時間，三木法律事務所找來勅使河原，用筆電播放井手錄下來的影片。

♪在我的～～～背後～～～像鳥兒～～～一般～～～

一播到黛唱歌的段落，三木等人全部摀上了耳朵。勅使河原疑惑地調整起電腦的喇叭。

「喇叭沒有壞，她的歌聲原本就如此美妙。」

澤地對勅使河原說明後，井手關掉了畫面。

「耳朵都快爛掉了，就先播到這吧。總之對方得到的情報，我們都有辦法應付。」

井手一臉驕傲，彷彿自己幹了什麼大事。

「一切都在勅使河原律師的預料當中呢。」

澤地也滿足地嫣然一笑。

「反正就是讓他們在我們的監視下活動活動筋骨而已。」

勅使河原也滿臉笑意，唯獨三木一人神情凝重地操作著滑鼠。

「三木律師？」

澤地輕聲呼喚三木後，把頭湊到電腦螢幕前。畫面上是古美門在體育館外嘔吐的模樣。

「可以放大他的手嗎？」

在三木的指示下，澤地開始操作電腦。結果……古美門不知道趁著工友幫他拍背的時候，塞了什麼東西到對方的褲子口袋裡。

「這是……」

澤地啞然失聲。

「恐怕是聯絡方式跟一些零花錢吧。我們還是不能小看這傢伙。」

三木凝視著電腦畫面，眉宇間多出了幾條皺紋。

「真有一手啊。」

勅使河原遊刃有餘地笑了笑。

*

次回的民事法庭上，古美門為原告方請來的證人，就是那位工友阿伯林武雄先生。林穿著土氣的西裝站上了證人席。

「林先生曾經多次目睹小暮同學被欺負的畫面吧？」

古美門問。

「是的。他們一群人圍在一起踢他，有時候還會用石頭丟他。」

林用一副極為誠懇的表情回答道。

「小暮同學的反應呢？」

「他一直大喊住手。」

「那他們有停手嗎？」

「小暮同學叫得愈大聲，他們就笑得愈開心，而且下手還愈來愈重。」

「他本人看起來有樂在其中嗎？」

「怎麼可能，那根本就是霸凌啊。」

林深感悲痛地搖了搖頭。

「謝謝，我沒有其他問題了。」

古美門回到座位後，輪到敕使河原起身進行反詰問。

「林先生，請問哪一位是遭到霸凌的小暮和彥同學呢？」

敕使河原指著白板。白板上，助手井手已經貼好了學生的照片，總共有六張男學生的制服照。

「嗯……」

林上下張望了一下，獨自陷入沉思。接著……。

「……這一個。」

林沒什麼自信地指了一個臉蛋胖乎乎的男學生。但是……。

「這裡面並沒有小暮同學。」

敕使河原一說完，林立刻睜圓了眼睛「嗄？」了一聲。

「我反對！」

黛見狀迅速舉手站了起來。

「反對無效。」

別府當場駁回。

「那麼，欺負他的學生又是哪幾位呢？」

敕使河原繼續向林發問。

林望著白板思考了一下，接著立刻轉向敕使河原問道：「……應該不在這裡面吧？」

「這個、這個、這個跟這個。」敕使河原從白板上的照片中指出青山等人。

林尷尬地低下了頭。

「我並沒有要責怪你記憶力不好的意思。我自己也感同身受啊。畢竟人到了這個年紀，連看個電視都會覺得，現在的年輕人怎麼都長得一模一樣。」

敕使河原一邊露出「我懂、我懂」的表情，一邊對林說道。

「是啊……老實說，我都這把年紀了，真的認不太出來每個學生誰是誰。剛才是我一時大意了……不好意思。」

林似乎完全落入了敕使河原的圈套。古美門抱著被羞辱的心情，死盯著敕使河原看。

敕使河原也用一副「怎麼樣啊？」的眼神望向古美門。

「……看來對手不太好惹呢。」

黛在古美門耳邊嘀咕道。

「不這樣就沒意思啦。我們玩的可是游擊戰。」

古美門笑著回應敕使河原的視線。

＊

「兩小時對吧？」

一身迷彩服的蘭丸在網咖的櫃檯付完錢後，手比著V字往包廂走去。打開電腦後，他登入某個討論區開始發表文章。

「U中學爆發校園霸凌　強迫跳樓事件鬧上法院！！」

打完後，蘭丸按下「發表文章」鍵。接著繼續編輯下一篇文章。

「被害者少年至今仍意識不明　U市U中傳出霸凌」

然後再次發表文章。蘭丸在那兩小時裡，一直重複進行相同的動作。

＊

一大早，南就和副校長一起站在校門前，笑容可掬地對著來上學的學生打招呼。

「老師早！」

南不僅深受二年C班和合唱團學生的愛戴，同時也很受到其他學生歡迎。

「小南早安！」

快步通過校門的是南班上的井上香織。

「妳應該說：『藤井老師，早安。』才對吧？」

南立刻抓住香織的手臂，還順勢握起了她的手。

「啊，香織，妳又塗腮紅囉？」

「老師妳就當作沒看見嘛，我是為了遮痘痘啦。」

稍微燙卷的髮尾、制服袖口與下擺露出的米色毛衣，再加上改短的製服裙。香織這一身打扮就跟時下的女學生沒什麼兩樣。南仔細地打量著香織。香織聳著肩膀等待南的回應。

「……下次記得塗好一點。」

南輕輕拍了拍香織的手臂。

「謝謝老師！」

沒錯。南是一個與學生很親近、很能理解學生心理的老師。

此時，來上學的學生差不多都已經進教室了，校門外卻傳來一陣喧鬧聲。就在南抬頭察看究竟發生了什麼事的時候，一名正走進校門的女學生身後，竟然跟著一大群電視媒體記者。

「妳曾在學校目睹霸凌事件嗎？」

電視台的記者把麥克風遞給女學生。同一時間，後頭又追上來一群雜誌社的記者。

「你們在做什麼！」

副校長出面阻止。

「你們有徵詢人家的同意嗎？」
南也急忙衝上前阻擋。
「我們會幫她的臉打上馬賽克的。」
記者一臉不耐地答道。
「這不是重點吧……」
「……該不會，妳就是二年C班的藤井老師？」
記者眼鏡後方的雙眼頓時發亮。
「什麼？」
南不由自主向後退了幾步。
「沒錯吧？」
記者不懷好意地笑了。
「班導師在這裡喔！」
周圍的記者一聽見兩人的對話，全都蜂擁而上。
「不好意思，能不能請教您幾個問題呢……」
多支麥克風同時伸向南，攝影機還對著她的臉來一個特寫。
「不、不要再拍了！請把攝影機關掉！」
南伸手擋住攝影機的鏡頭，但攝影大哥們完全沒有要理會她的意思。

「讓開！讓開！」

就在這個時候，幾名女性奮力擠進記者群中。

「我們有話要對校長說。」

一名身穿白外套、戴眼鏡，看起來像是她們當中的代表的女性，用力撥開一大群記者，擠到了南的正前方。

「……請問妳們有什麼事呢？」

「身為孩子們的家長，我們想問有關這篇報導的事情。」

她從皮包中拿出一本週刊，激動地攤了開來。

「能不能請校方召開說明會呢？」

這名女性家長把週刊高舉在南的眼前。

只見週刊內頁上淨是「U市U中學國二男同學霸凌墜樓」、「強迫跳樓」、「被害學生至今仍意識不明」等標題，而且還刊登了校長和教育長的大頭照、眼睛被畫上黑線的南的照片，以及C班男同學在校外教學時拍的生活照。

一瞬間，南感覺自己全身的血液彷彿都被抽乾了。

＊

校長和教育長衝進三木的辦公室興師問罪。

「現在學校不但無法正常上課，甚至已經有家長不讓孩子來學校了！」

「而且學生和老師的照片好像已經在網路上流傳開來。這根本就是不該發生的事啊！」

校長和教育長並排坐在沙發上，怒氣沖沖地抱怨道。此時，澤地輕輕拍了拍兩人的肩膀。

「二位請冷靜一點。三木律師之前就提醒過你們啦，對方的律師最會煽風點火了。」

被澤地這麼安撫一下，校長和教育長都閉上了嘴巴。原來兩人的視線早被她襯衫領口下深邃的事業線給奪走了。

「敵人試圖以此動搖我們的陣線。你們就跟老師和學生們這麼說吧，說沒什麼好擔心的，因為我們兔丘中學是一所很棒的學校。」

說著說著，三木也在沙發上坐了下來。

「好吧。」

校長的視線還停留在澤地的胸口，澤地再度拍了拍他的肩膀，然後移步至三木身旁。

「這只是一時的風頭罷了，媒體輿論遲早會改變的。不過你們還有一個必須要擔心的人，就是班導師藤井南，她是敵人最想到手的王牌。」

「我們想辦法鞏固她這道防線吧。」

聽著三木和澤地的建議，勅使河原默默地起身，不發一語地盯著辦公室牆上的鹿頭標本。

「我想是時候轉守為攻了。」勅使河原把兩手插進褲子的口袋裡，一邊看著鹿頭一邊嘟囔道，接著突然轉身面向三木：「有沒有什麼好辦法呢？」

「也不是沒有啦。放點誘餌讓他們上鉤如何？」

三木抿著嘴唇笑了笑。

＊

這一天的教職員會議特別漫長，南踏上歸途時已經過了晚上九點。在媒體與家長連番轟炸下，她整個人已經精疲力竭，好想趕快洗完澡，然後鑽進被窩裡睡覺。爬上公寓外的階梯，走在二樓的走廊上，南頓時察覺到一股不尋常的氣息。她不自覺地停下了腳步。

「失職教師」、「這裡住著一個默許霸凌的老師」、「快住手！」、「開除她！」、「贖罪吧！」、「垃圾垃圾垃圾垃圾垃圾垃圾」、「妳也去跳樓啊」、「誰想讓孩子去有這種老師的學校啊」、「不要臉！別回來了！」、「去死吧」……。

南住的公寓二〇三號室，門上和牆上都貼滿了中傷毀謗的字條。

南僵立在房門外，背後突然傳來某人的聲音，「真可憐啊。」現身於黑暗中的人是古美門。

「不需要在意。」

南坦然一笑，動手撕下牆上的字條。

「我不是在說妳，我是在說學生。」

古美門的口吻比平常更加犀利。

「青山同學們的家好像也很慘的樣子，招致如此慘狀的罪魁禍首就是妳！」

古美門在公寓走廊上咆哮道，他的音量大到不僅左右鄰居，連整棟公寓的人都聽得一清二楚。南咬著嘴唇停下手邊的動作。

「但是能夠終止這一切的人也是妳。只要妳承認有霸凌的事實，責任就能明確歸屬於校方。如此一來，這場風波即可順利化解。」

古美門倚靠在欄杆上說道。

「班上同學不是都說了嗎？我們班才沒有什麼霸凌呢。」

南微笑著回應道。

「就是這樣才奇怪吧。一般來說不管有沒有霸凌，同學們應該都會有不同的意見才對啊，可是妳的班上竟然所有人都看法一致，簡直像被某人指揮著一樣。」

古美門把自己的手指當成指揮棒，在南面前揮舞了起來。

「你是說是我指使他們這麼做的嗎？」

南的語調聽來十分鎮定。

「請妳解開對他們的束縛，讓他們表達自己的意見吧。」

呵。南不禁失笑地把臉埋進撕下來的紙堆中。

「……你太看得起我了。」

呵呵呵。南一邊開懷地笑著，一邊打開門走入屋內。

「我的話還沒說完……」

古美門伸手抓住門把，門把卻硬生生被他拔了下來。「嘖！」他咋了咋舌，握著門把站在原地乾瞪眼。

＊

古美門和黛被傳喚到東京地方法院的法官值勤室。別府一身黑襯衫加黑外套，看來她私底下的衣著風格也是走黑漆抹烏的硬派路線。

「被告代理人和校方向我提出嚴正的抗議，因為你們的調查行為過於強硬，有違律師所應遵守的職務規定，今後還請二位在與兔丘中學的教職員和學生接觸時，務必恪守基本的規矩。」

別府一臉嚴肅地瞪著兩人……不，是瞪著古美門。

「妳沒有權力這樣命令我。」

雙手環胸、大搖大擺坐在沙發上的古美門放肆地說道。同時還把兩腿直接翹在桌上，連鞋子也沒脫。

「就你們現在的行為，即使被判處故意毀壞財物罪暨非法侵入住宅未遂也不為過。」

別府面不改色地回應道。

「我們是被陷害的。妳連這一點都搞不清楚，怎麼還好意思當法官啊？」

古美門站起身來走向別府，把南的公寓門把「砰」的一聲放在她桌上。

「你說什麼？」

別府的太陽穴隱約抽動了一下。

「他什麼也沒說，我們會聽從您的指示的！」

黛抓住古美門的手臂，試圖把他帶離現場。

「開什麼玩笑，她這是越權行為！」

古美門依然沒有要向別府低頭的意思，但……。

「非常抱歉！」

黛從後方架住叫囂中的古美門，死命把他拖出了值勤室。

「開什麼玩笑！怎麼能讓那種瘋頭瘋腦的法官存在在這個世界上呢！」

被拖到走廊上的古美門大肆咆哮道。

「你這是自作自受！你不應該再用類似的手段了！」

黛反駁道。

「哼，看來妳也中了茱莉．安德魯絲的魔法，變成她那邊的人啦。反正妳就是認為沒有霸凌是吧！」

古美門語帶挖苦地指著黛。

「我才沒這麼說。我只是想知道究竟發生了什麼事，讓真相大白而已！」

黛不甘示弱地回嘴道。

「真相白不白都無所謂！那間學校確實發生過霸凌事件，而且校方也已經察覺到了。我們的工作就是證明這一點！」

語畢，古美門轉身離去。黛朝著他的背影大喊道：

「那樣根本無法杜絕校園霸凌啊！」

「杜、杜絕～？」古美門嘲弄地笑了笑，小跳步地回到黛身邊。「妳算老幾啊？妳想要杜絕這個世界上的霸凌現象？」

在裝飾著美麗彩繪玻璃的法院走廊上，兩人再度爆發口角。

「沒錯。這場訴訟就是杜絕霸凌的第一步！」

黛瞪著一雙真摯的眼眸堅稱道。

「我太震驚了……妳還是到童話王國去跟女巫戰鬥吧，桃樂絲。」
從在一旁打掃的清潔人員的工具車上，古美門擅自借了一支掃把遞給黛。
「我才要麻煩你不要跟法官硬碰硬吧。我們該打倒的對手是勅使河原律師不是嗎？」
黛拿著掃把辯駁道。
「既然如此，妳就快去給我徹底摸清那個老傢伙的底細啊。想辦法找出他的弱點。」
「我才不做那種事。」
「那妳還能做什麼？妳這個沒用的廢物！」
古美門再次滿腔怒火地指著黛。
「那種事叫蘭丸去做就……」
「這是命令，叫妳去就去！」
古美門伸出雙手，在胸前比劃出一對性感的胸部。
「用美人計勾引他，成為他的情婦，把所有情報一網打盡！不然乾脆直接讓他死在床上更好！」
說完，古美門便頭也不回地小跑步離去。
「美人計……」
黛模仿古美門的動作在胸前比劃了一下，但她的胸口實在離她的掌心有點遠。
不，她的胸口裝著的是滿滿的正義感，她要打敗蔓延在每個角落的邪惡，她要拯救弱者，她就是為了這一份使命感才成為律師的。但是……。黛想起了病房裡尚未清醒的和彥，以及焦急地守候在一旁的秀美。為了拯救他們兩人……有時犧牲一點色相或許也是必須的。

＊

當天晚上，黛來到敕使河原家門外。豪華的大門不禁令她懷疑自己是不是來到了比佛利山莊，門旁掛著刻有「敕使河原勳」幾個大字的氣派門牌，看來三木說他在各行各業都頗有成就，並不是在虛張聲勢。

被眼前這棟豪宅嚇傻的黛，在大半夜裡戴著一副太陽眼鏡，嘴巴塗了大紅色的唇膏，與嘴唇同色的洋裝外還披了件毛皮大衣。她拿下鼻樑上的太陽眼鏡，朝著門內凝神一看，發現玄關前已經備好了一輛車。

不久後，敕使河原從家裡面走出來。一名氣質高雅、年紀看起來略小於敕使河原的女性，幫他調整好圍巾後，送他坐進車內。車子開始向前滑動，朝著大門的方向駛來。黛趕緊用毛皮大衣遮住自己的臉躲在一旁。

「麻煩跟上那輛車。」

黛急忙攔下一台計程車追了上去。

敕使河原來到的地方是銀座。車子在大馬路上停下，司機下車打開後座的門，敕使河原帥氣地下了車。走沒幾步路就眉開眼笑地揮了揮手。順著他的視線看過去……前方是一名穿著白色大衣的年輕女性。長髮披肩、姿態撩人，怎麼看都像是他的情婦。敕使河原一走上前，她就笑著挽起他的手，與他並肩而行。一連串的舉動都極其自然……。

黛躲在陰暗處喀嚓喀嚓地拍下這一幕。

回到古美門家以後，黛把一系列的照片攤開在餐桌上。照片上淨是敕使河原與情婦手挽著手曖昧調笑，或是兩人一起走入公寓的模樣。

「敕使河原律師在學生時代就結婚了，不過因為他的太太是社長千金，所以他入贅到對方家做入門女婿。照理來說，他在他太太面前應該抬不起頭來才對……」

在黛說明的同時，古美門一邊露出曖昧的笑容，一邊瀏覽這些照片。

「這名年輕女性是他的前秘書。他不但買公寓給她，還三天兩頭就到她的公寓報到……」

「不愧是個獵手。」

服部也對黛的表現感到相當佩服。

「以妳來說已經做得很好了。」

古美門語帶讚賞地頷首微笑，黛卻欲哭無淚地蹲下身來，「人家明明就不是為了做這種事才成為律師的……！」

「哼，像他這種吃飽太閒以為當律師很好玩的老菜鳥，就讓老子來告訴他這份工作有多恐怖吧！」

古美門一邊面目猙獰地叫囂著，一邊咬牙切齒地猛啃晚餐的雞肉。

＊

翌日，古美門來到飛靶射擊場。勅使河原幾乎每天都會來這裡報到。在射擊區的其中一個隔間裡，勅使河原把鎗架在肩膀上，全神貫注地凝視著前方。

「喝！」

勅使河原神準地擊落了一塊飛靶。

「技術不錯嘛。」

古美門站在隔壁隔間向他搭話。

「……好說。」

勅使河原看著古美門，臉上浮現驚訝的表情。眼前的他頭戴狩獵帽，身穿格紋羊毛外套配上一雙真皮手套。從裝扮入手的古美門，以一身完美的搭配擺出預備姿勢。

古美門自信滿滿地把鎗架在肩膀上，並且斷然回絕身後教練的建議，然後像勅使河原一樣朝著飛靶射擊。就在那一瞬間——

「哇啊——啊——啊——我的肩膀……肩膀脫臼了！我的肩膀——！」

古美門痛得大叫，整個人栽在地上。

敕使河原見狀立刻衝向古美門身邊，原來他的肩膀因為射擊的強勁後座力而脫臼了。

「痛、痛、痛、痛、痛……」

敕使河原扶住哭嚎中的古美門的手臂，然後用哄小孩的語氣說：「好了……不痛不痛。」接著喀啦一聲，就把他的肩膀扳了回去。

古美門走向坐在長椅上休息的敕使河原。此時，敕使河原正悠哉地喝著自己帶的瓶裝咖啡。

「你要是太放任自己率性而為的話，這些東西可能會流傳出去喔。」

古美門把黛偷拍的照片攤開在桌上。

「我想你最好趁現在放棄你的扮家家酒遊戲，花點時間陪太太去一趟溫泉之旅如何？」

古美門已經忘記了對方剛剛才幫他治好肩膀的恩情，一臉勝券在握地對敕使河原宣言道。

「……我也很想啊……如果她沒有早我一步離去的話……」

敕使河原望著照片，神色黯淡地回應道。

「什麼……？」

「自從我太太走了以後，我就失去了生活的動力。是這女孩在我身邊鼓勵我，不斷為我犧牲奉獻……後來我才知道，我太太在臨走前把我交代給她……所以托她的福，我才能夠像現在這樣，重新走出自己的人生……」

敕使河原從褲子的口袋中拿出一條手帕，擦拭眼頭的淚水。

「……失禮了。」

古美門也快隨之動容似地，無言以對地站在一旁。

回到家以後，古美門把一疊照片扔在黛的身上。

「根本就是一段佳話啊！連我都想要為他加油了，妳這蠢貨！」

「那被誤認為他太太的人是……？」

服部問。

「只是他們家的幫傭而已！」古美門回答服部後，對著黛大發雷霆：「妳怎麼會犯這麼蠢的錯誤呢！」

而且受贈公寓的年輕女秘書竟然還是經過已逝妻子認可的對象。

「人家又不是職業的偵探～」

黛扁著嘴說道。

「看來沒有和彥同學本人的證詞，要取得勝利果然還是有難度的吧？」

一旁的服部冷靜地答道。

「妳現在就去醫院搧和彥幾個耳光，把他給我叫起來！不然給他摸摸妳的胸部，讓他跟下半身一起站起來也行！」

古美門已經激動得開始口不擇言。

「我怎麼可能會做那種事啦！」

黛一邊護著胸口一邊說道。

「妳還真的是個一無是處的傢伙啊！服部叔，我要睡覺了！給我唱搖籃曲！」

古美門帶著一副泫然欲泣的表情踩上了二樓。

＊

然後，第三次公審之日到來。

民事法庭上，勅使河原正在進行主詰問。這一天出庭作證的人是校長，校長證實了校方與秀美之間尚未達成協議，同時也針對秀美先前與學校之間的互動實情提出說明。

「學校經常幫她代墊餐費嗎？」

談到餐費的問題，勅使河原進一步追問校長。
「每次要求小暮女士交錢的時候，她都會怒氣沖沖地拒絕，所以我們只好……」
「對學校而言，小暮秀美女士是否就是所謂的怪獸家長呢？」
「我反對！這是誘導詰問！」
黛舉手從座位上起身。
「反對有效。請換個問題。」
別府承認黛的異議。
「……你這是什麼意思……」
突然之間，秀美顫抖著聲音從原告席上站了起來。黛急忙攙扶住她的肩膀，試圖安撫她坐下，但秀美不予理會。
「你認為我們是為了錢才刻意捏造的嗎……是這個意思嗎？」
「原告，請勿任意發言。」
別府的語氣相當嚴厲，但情緒激動的秀美已顧不得黛的攔阻，直接衝到校長的面前。
「……開什麼玩笑……你們這樣也算做教育的人嗎？」
秀美不禁以令人無法招架的氣勢向校長提出抗議。
「我的兒子差點就要被殺死了耶！他現在人還躺在醫院裡……就算我有欠債又怎麼樣！你說誰是怪獸家長啊？少在那邊胡說八道！」

最後秀美語帶哽咽地對校長怒吼道。
眼見秀美愈來愈激動，別府冷靜提議道：「先讓她暫時退庭吧？」
黛扶著秀美的肩膀離開法庭。
古美門靠在椅背上，用事不關己的眼神目送兩人離去。勅使河原一臉嚴肅地與別府交換視線並稍微欠身後，繼續對校長提問。
「請問你對當今的霸凌議題有何看法？」
「現在的人一聽到霸凌問題就會特別敏感，但並不是每一起事件都能一概而論，重點在於我們如何針對不同的事件進行妥善的處理。」
「那你本身又是如何看待這次的事件呢？」
「我認為這是一場非常不理性的爭辯，我很懷疑這次的事件是否真的有必要採取法律途徑。」
「的確，每一個人都有提起訴訟的權利，不過當問題牽涉到學校和學童時，我們或許應該採取更加謹慎的態度才對。」
勅使河原的神情相當認真，古美門則依舊倚在椅背上，以一臉似笑非笑的表情看著他。

＊

打工結束後，秀美立刻趕到病房守在和彥的病床邊，直到熄燈時間才離開。家裡幾乎只剩下睡覺的功能而已。自從事件發生以來，她每天都重複著同樣的生活。

疲倦感已經瀕臨極限。這一天，當她坐在椅子上打瞌睡時，交叉在膝蓋上的雙手突然察覺到某人的觸碰。

「……嗯？」

秀美驚醒後，往床上一看，和彥正緩慢地睜開眼睛，試圖脫掉臉上的氧氣罩。他的眼神雖然有些呆滯，卻不偏不倚地盯著秀美看。

「媽媽，這裡是醫院嗎？」

脫掉氧氣罩後，和彥開口了。

「和彥……！」秀美俯身向前一把抱住他。

當天晚上，古美門和黛特地走訪醫院一趟。

往病房內一看，和彥正斜躺在病床上，喝著秀美餵他的稀飯湯。看他臉頰上貼著大型紗布，傷口似乎還隱隱作痛，不過手臂和手背上的繃帶已經取下來了。

「很抱歉在你剛醒來的時候打擾你……」

黛笑容滿面地問道。

「你應該不是自己說要從屋頂上跳下去的吧？」

「……我記得我有跟他們說我不要……」

說著說著，和彥不禁皺起了眉頭。或許他的記憶還有些混亂，也有可能是因為頭痛的關係。

「但是青山說絕對不會有事，要我讓他們看看我的骨氣……」

「是他們強迫你的吧？」

黛問。

「……嗯。」

和彥有氣無力地點頭。

「他們一直以來都是這樣欺負你的吧？」

這一回，和彥露出痛苦的表情，默默地點了點頭。

「太好了！」

黛不禁做出振臂動作，興奮地轉了一圈，古美門也啪啪啪地拍起手來。但兩人一意識到自己的反應有多不合時宜後，便立刻收斂下來。

「啊……抱歉，對於你被欺負的事，我們深感同情。」

黛趕緊開口圓場。

「和彥同學，接下來這一點事關重大，請問你被欺負的事情，老師知道嗎？」

和彥再度無聲地點頭。

「很好！」

「這樣一來事情就真相大白了！學校明知有霸凌事實卻視而不見，責任明顯在他們身上！」

黛說。

「和彥同學，我們希望你出庭作證。」

古美門認真地看著和彥。

「應該要等他身體狀況好一點再說吧。」

黛出言阻止。

「全身是傷才更有說服力。」

古美門語氣強硬地斷言道。和彥怯怯地望向秀美，稍作沉思後，便輕輕地點了點頭。

＊

次回公審是由原告本人站上證人席。

在眾目睽睽之下，和彥被秀美用輪椅推進東京地方法院的民事法庭，他的頭上包紮著網狀繃帶，手臂垂吊在脖子上，一腳還用L型板和石膏固定住。

不僅是旁聽席上的記者，連一般的旁聽人也都嚇得目瞪口呆。被告席上的勅使河原、井手、校長和教育長，全都不發一語地注視著和彥。

在這股不尋常的氣氛中，和彥略顯不安地抬頭面向別府。

「請你說明一下當天在頂樓發生的事。」

古美門說。

「那天……」

不曉得是因為回憶太痛苦，還是因為頭痛的關係，和彥扭曲著臉開始訴說當天的事發狀況。

放學後，和彥被青山四人組強行帶到頂樓去。然後青山等人叫他從屋頂上跳下去看看。和彥戰戰兢兢地把身體倚在欄杆上，朝中庭看了一眼。在背後的夕陽斜照下，他看見自己巨大的影子投射在中庭。和彥怕得動也不敢動，只能死命地握緊雙拳。

四人紛紛以嘲弄的語氣威脅著和彥。

「快跳啊。讓我們見識一下你的男子氣概吧，和彥。」

青山說。

「不會有事的，你就跳到那一頭去。」

「……我不行啦。」

到底能跳到哪裡去呢？和彥從他所在的頂樓，看見了連接到隔壁校舍走廊的屋頂。其他三人也你一言我一語地逼迫著和彥。

「難道你又想嚐嚐蟒蛇技的滋味了嗎？快跳！」

面對青山的脅迫，和彥一句話也說不出口，只是默默地俯瞰著中庭。

「跳下去！跳下去！跳下去！跳下去！」

四人不斷鼓譟。和彥翻過欄杆，整個人嚇得幾乎快哭了出來。接著他站上了屋頂的圍牆。此時，身後傳來陣陣鼓譟聲，中庭映照著自己的巨大黑影，內心深處同時湧現一股恐懼感……。

和彥結結巴巴地針對當時的情況提供了詳細的證詞。

「……我想青山他們並不是真的想要我跳下去……只是我跨過欄杆以後，突然覺得一陣暈眩，所以才會從屋頂上掉了下來。」

「那蟒蛇技又是什麼呢？」

古美門繼續追問，令和彥幾乎沒有喘息的空間。

「蟒蛇擒拿技，是青山他們發明的鎖脖術。」

「鎖脖術？你能指導我一下是什麼樣的招式嗎？」

「先用右手鎖住對方的頭……」和彥開始用他痊癒後的右手配合肢體動作進行說明。「左手抓住對方的右手，然後把右腳……」

「黛律師。」

古美門以眼神示意黛到前面來。

「不會吧……？」

黛心不甘情不願地從座位上起身。她一走到站在證人席前方的古美門身旁，就被對方用右手臂勒住了脖子。她活脫脫就是古美門實行鎖脖術的試驗品。

古美門奮力在黛的身上施展招式，但不管和彥怎麼說明，他始終掌握不到訣竅。

最後，黛終於忍無可忍，「他說的是這樣吧！」然後一把勒住古美門的脖子，姿勢一舉到位。古美門的身體被折成「く」字型，頭頂正對著旁邊。喀啦。一陣清脆的骨頭聲響從他的身上傳來。

「好痛好痛好痛！我投降投降投降！妳想殺了我啊——！」

古美門一邊大吼大叫一邊瞪著黛。

「……這是多麼恐怖的殺人技啊？連平常勤於鍛鍊的我都遭受如此大的創傷。蟒蛇技真是太恐怖了！這簡直就是強行施暴啊，別府法官！」

別府冷眼看著抓住麥克風大吵大鬧的古美門。最後他一臉沒事樣地蹲在輪椅旁，凝神注視著和彥的臉龐。

「和彥同學，他們一直以來用盡各種手段欺負你對吧？你是否表達過希望他們停止欺負你的意願呢？」

「我一直在請求他們放過我，但我愈是求饒，他們笑得愈開心。」

「班導藤井南老師是否知道你被欺負的事呢？」

和彥咬了咬嘴唇。

有一次和彥在青山的蟒蛇技下痛苦呻吟時，不經意望向校舍的方向，結果當時南正站在教室的窗邊。救救我！他向老師發出求救訊號。可是……。南只是淺淺一笑，隨後便從窗邊離去。

「應該知道。」

和彥說。

「藤井老師採取了什麼樣的解決方式呢？」

「她什麼也沒做。」

「那你的感覺如何呢？」

「……我覺得這裡就像地獄。」

「根本就是地獄吧！」

古美門乘勢站起身來。他那魔音傳腦般的聲音迴盪在法庭內，簡直像來到了戲劇的高潮……法庭儼然成為他一人的舞台。

「校方明知有霸凌事實卻坐視不管，加害者當然會變本加厲，最終導致這一次的悲劇！」

對著別府激情陳述的古美門，推著和彥的輪椅轉向面對旁聽席。

「所以校方當然必須負起全責！和彥同學，請問你現在有什麼想說的話嗎？」

古美門問和彥。

「我要是早點告訴媽媽就好了。」

「當初你為什麼沒這麼做呢？」

「因為媽媽獨自一人撫養我長大，每天都很辛苦地工作……我不想讓她為我操心。」

聽見和彥的話，秀美在原告席上緊咬下唇。

「……結果我卻受了這麼嚴重的傷，我真的對媽媽感到很抱歉……」

古美門再次把和彥的輪椅推向秀美的方向。

「媽媽……對不起。」

聽完和彥的話，秀美搖了搖頭，拿起手帕擦拭眼頭。黛也咬著嘴唇，拼命抑制眼裡的淚水。旁聽席上同樣傳來陣陣抽泣的聲音。

「……我問完了。」

古美門轉頭望了一眼別府後，結束原告本人的主詰問。在一陣低迷的氣氛中，輪到勅使河原起身進行反詰問。

「首先，恭喜你恢復意識。我衷心為你感到高興。」

敕使河原用他那厚實的嗓音開口說話。

「……謝謝。」

和彥輕輕點了點頭，似乎有點被對方的威嚴嚇到。

「根據醫生的說法，頭部遭到強烈撞擊且經過長時間昏迷的人，剛清醒的時候記憶可能不是那麼清楚，甚至會有記憶混淆的現象。和彥同學的情況如何呢？」

「……好像還好。」

和彥皺起了眉頭，對朝他靠近的敕使河原提高戒備。

「你一醒來就立刻回想起事故當時的情況了嗎？」

「沒有，我不是立刻就……」

和彥沒什麼信心地搖了搖頭。古美門和黛逐漸意識到敕使河原究竟想要說些什麼。

「你是如何回想起當時的事情的呢？」

「是媽媽和律師跟我說了很多，然後……」

「喔……？」敕使河原聽了以後，繼續鍥而不捨地追問：「也就是說，你剛才所說的是在律師的誘導下形成的記憶……」

「我反對！誘導這個用詞並不適當！」

黛起身發言。

「被告代理人，請更改措辭。」
別府說。敕使河原轉身敬禮後，再度面向和彥。
「你說藤井老師知道你被同學欺負的事情，但你曾經直接向老師反應嗎？」
「沒有……可是我被欺負的時候，我跟老師的視線交會了……」
「只是視線交會而已嗎？」
被敕使河原這麼一問，和彥陷入沉默。
「藤井老師摘下隱形眼鏡以後，裸視視力好像不到0.1耶。她真的知道這件事嗎？」
「……」
「你認為她真的有注意到嗎？」
「……也有可能沒注意到吧。」
和彥一開口，古美門和黛就露出為難的表情。
「和彥同學，當你覺得自己被同學欺負的時候，是不是應該勇敢挺身而出呢？有時候男孩子跟男孩子之間，確實是不打不相識啊。等你出院以後，身體恢復健康了，再來跟我比一場相撲如何？」
敕使河原表情一變，露出親切的笑容，和彥則面露苦笑地點了點頭。接著敕使河原也滿意地頷首，轉身面向別府。
「審判長，我認為讓他出庭作證或許為時尚早，所以我的提問就到此結束。」

敕使河原深深一鞠躬，走回被告席。

「小暮同學，請問你為什麼會要求及早出庭作證呢？」

別府詢問和彥。

「……是古美門律師要我這麼做的……」

笨蛋！笨蛋笨蛋！古美門暗自在心裡吶喊，一圈又一圈地旋轉起屁股下的椅子。見到古美門這副德性，別府不禁露出輕蔑的眼神。

「當時原告代理人說，這是你本人的強烈要求，所以我才格外通融，現在看來事實並非如此。如果及早出庭是為了博取同情，那麼這實在有違倫理，也非常令人遺憾。本席必須審慎評估證詞的可信度，感謝證人出庭作證。」

古美門一邊聽著別府的話，一邊轉動椅子，最後在椅子上痛苦掙扎了起來。

＊

當天晚上，敕使河原來到三木的辦公室。

「獵物完全進退兩難，他已經無處可逃了。」

「我彷彿已經看到旁分的蝦夷鹿驚慌失措、抱頭鼠竄的模樣了。下一記重砲是？」

澤地和三木的心情都相當愉悅。

「我想應該是青山瞬同學吧。」

敕使河原回答。

「我們還是不要把腦筋動到小鬼身上比較好。」

三木從他的辦公桌前移動到沙發上。

「勝利已經近在眼前，現在我們最好步步為營。」

澤地從保冷冰桶中取出香檳，倒進三木的玻璃杯裡。

「那就用班導藤井南老師，給他們致命的一擊吧。」

敕使河原說。

「這一次勝利女神終於站在我們這邊了吧！總算能讓古美門嚐嚐失敗的滋味了！」

井手興奮地擺出振臂動作。

「沒想到會是敗給第一年入行的新手……」

澤地起身走向敕使河原。

「不曉得古美門律師會作何感想呢？」

說著說著，澤地抓住敕使河原的下顎，把一顆草莓塞進他的嘴裡。

「……嗚嗯。」

平常總是十分冷靜的敕使河原，在澤地突如其來的舉動下慌了手腳。三木見狀，急忙把玻璃杯放到桌上，用極具威嚴的聲音說：

「敕使河原律師，下一回就由本人出庭吧。」

「喔？」

「我想我也該親自入山示範如何捕獲大型獵物了。請趁此機會將一流獵人打獵的身影，深深刻在你的腦海中吧。」

「……那我就恭敬不如從命了。」

敕使河原咕溜一聲吞下草莓，三木兩眼充滿鬥志地瞪著眼前的虛空。

＊

「嗨嗨！」

古美門家突然冒出蘭丸的身影。

「咦？律師，你身體不舒服嗎？」

古美門嘴裡含著溫度計，四肢無力地躺在他最愛的休閒椅上。服部正手腳勤快地幫他更換額頭上的冰袋。

「王牌被輕易攻破，所以備受打擊。」

服部說明道。

「但哪有人這樣就發燒的啊？又不是小孩子！」

黛一邊在餐桌前整理文件一邊說道。她雖然沒有身體不適，卻也一臉失魂落魄的模樣。

「囉唆！要是輸了的話都是妳的錯！」

「哇，這看起來好好吃喔～～！」

蘭丸緊盯著服部端來的肉片驚叫道。盤子上擺滿了光用肉眼看就知道很高級的霜降肉片。

「為了振奮士氣，我特地準備了燒肉……」

服部開始在黛埋首工作的餐桌上準備料理肉片。

「那這些肉全部都由我接收囉！」

「I love meat！」蘭丸一邊輕佻地叫嚷著，一邊在黛身旁把烤好的肉片放入口中。陣陣的烤肉香從旁邊傳來，可是黛現在一點食慾也沒有。

「好好吃喔～～」

蘭丸不由自主做出振臂動作。

「啊，律師，這是藤井南的調查報告書。抱歉拖了這麼久，不過我查到很多她的個人資料喔。」

黛開始瀏覽起蘭丸交出來的報告。

「和彥同學也是被她的指揮棒操縱的合唱團成員之一吧？」

服部把手中的烤肉夾當作指揮棒，一邊揮舞一邊說道：

「對了對了，說到指揮，我以前也曾經在溫哥華愛樂交響樂團擔任指揮，想起來還真是頗有難度啊。本來想用指揮棒帶領團員演奏，沒想到卻在不知不覺間，開始配合音樂揮舞指揮棒……到最後都搞不清楚究竟是誰在指揮誰了。哈哈哈。」

「服部叔，你剛才說什麼？」

黛恍然大悟地抬起頭。

「啊？我說我在溫哥華愛樂交響樂團……」

服部不解地歪了歪頭，只見黛一臉豁然開朗地站起身來，朝古美門的方向走去。

「你讀一下這一段。」

「怎樣？」

古美門一臉不耐煩地開始閱讀報告內容。

「……手執指揮棒的人，不見得就是真正的指揮者。」

黛以堅定的眼神注視著古美門。古美門的腦海中，頓時浮現出他造訪南的住處時的對話。

「……你太看得起我了。」

語閉，南付之一笑。那笑容乍看之下帶有些許羞怯，但事實卻非如此。背後隱藏的意思究竟是……。古美門拿下冰袋，霍然起身。

「……看來我們都看錯藤井南了。」

「要使用這張牌嗎？」

黛窺探著古美門的表情。

「只能孤注一擲，在詰問時賭一把了！準備跟獵人老頭正面對決吧！」

「好！」

黛奮力點頭。兩人氣勢洶洶地衝到餐桌邊，搶走蘭丸烤好的肉片，開始大快朵頤了起來。

＊

次回公審，南出庭為被告方作證。法庭上同時可見三木的身影。三木、敕使河原和井手在被告代理人席上並排而坐。

隨著法官宣布開庭，被告方立即展開證人訊問。

「本人藤井南謹以至誠據實聲明，本人所作之證供均屬事實，絕無虛言。」

當南正在證人席上宣讀誓詞時，古美門整個人窩在椅背上瞪著三木。三木瞥了古美門一眼後，起身準備進行主詰問。

「藤井南老師，請問就身為班導的妳看來，小暮同學和青山同學等人是什麼樣的關係呢？」

三木站定在南的身旁問道。

「我覺得他們是一群很要好的朋友。」

「但小暮同學說妳曾經目睹過他被欺負的場景，還跟他視線交會了。」

「我不知道他說的是什麼時候的事，不過我一直認為他們只是在玩鬧而已。」

南一臉困惑地回答道。

「小暮同學有表現出困擾或痛苦的樣子嗎？」

「說真的，我反而覺得他跟青山同學等人愈來愈要好，而且性格也愈來愈開朗、堅強了。」

三木走到教育長和校長的座位前方，作秀似地開始發表他的論述。

「每次聽到校園霸凌，大家都會一面倒地批評，說教育委員會是無能的組織、學校只想隱瞞事實、教師們只想明哲保身、班導師也管不好學生……」

接著三木走回南的身邊，「妳現在也面臨著嚴厲的指責吧？」對她流露出憐憫的眼神。

「……是的。」

「妳有考慮過要辭去教職嗎？」

「我每天都在煩惱這件事。」

此時，井手站了起來，遞給三木一疊信封。那是學生們寫給南的信。三木開始用演戲般的口吻，朗讀起其中幾封信的內容。

「南老師，求求妳千萬不要辭職，是妳讓我體會到了上學的樂趣。」「我來兔中不是為了唸書，也不是為了交朋友，而是為了見到南老師。」「是小南讓我確定了未來的夢想。我想要成為像小南一樣優秀的老師……」

三木故作哽咽地摀住嘴巴。

「……抱歉，就讓我唸到這裡為止吧……這些信不過是學生們偷偷寫給藤井老師的其中一小部分而已！家長們也自發性地製作了一份慰留藤井老師的連署聲明！」

三木對著別府高舉起手中的連署書。

「藤井老師教出來的模範班級，總是吸引許多其他學校的人前來觀摩！每到換班的時候，想被編入她班級的學生總是蜂擁而至！每年她生日那天，包包總是塞滿了學生送的禮物！這才是她真正的模樣！所以到底是哪個不知好歹的傢伙在煽動錯誤的輿論呢！」

三木張開手臂站在古美門面前，但古美門只是對他冷眼相看。

「抱歉，我太激動了……藤井老師，請問妳現在最希望看到的事情是？」

「……我希望小暮同學能夠早日返回學校，再一次跟班上的同學一起合唱。」

南微笑著答道。

「正是這樣的老師在支撐著當今的教育！我們又怎麼能讓無知或偏見，摧毀一個像她這麼優秀的老師呢……！我問完了。」

費盡渾身解數的三木，對著古美門擺出獵槍射擊的動作後，一臉得意地返回座位上。

「受教了。」

面對勅使河原的恭維，三木故作從容地擺出一副沒什麼大不了的模樣。

「原告代理人。」

被別府點名後，古美門起身進行反詰問。

「兔丘中學二年C班……確實如三木律師所說，是個經營得相當出色的班級。雖然班上有些不良份子，不過大家的內心都很單純，都是很聽老師話的好孩子。完全實踐了友情、和諧與博愛的精神。」

古美門一度繞到三木面前，然後才站定在南的身邊。

「謝謝誇獎。」

「學生們都很愛戴妳。請問該怎麼做才能成為一名如此優秀的老師呢？」

古美門把手扶在證人席上，屈身靠向南的面前。

「你這樣問我也很難回答……」

南不好意思地笑了笑。

「明明妳以前的作風跟現在完全相反。」

古美門臉上堆滿了笑容，不疾不徐地說道。
「……你說什麼？」
南維持著微笑的表情望向古美門。
「龜谷中學一年二班。妳還有印象嗎？」
古美門話一出口，南臉上的笑容立刻消失無蹤。
「哎呀，妳那讓人看得不太順眼的假笑終於消失啦。」
南像塊石頭般僵直在原地。
「那是妳四年前第一次帶導師的班級……我去訪問了當時的學生以後，發現他們對妳的評語跟現在南轅北轍呢。他們說妳既冷酷又嚴厲，而且還絲毫不為學生著想，甚至多次跟學生、家長以及學校起衝突。真是個討人厭的老師啊！」
南一臉僵硬地低下頭。
古美門轉身背對沉默不語的南，徑自走向旁聽席前方，雙手恣意靠在欄杆上，繼續對她苦苦相逼。
「結果一年二班後來怎麼樣了呢？」
「……」
「一年二班後來怎麼樣了呢？」
「我反對！此問題與本案無關。」

三木舉手控訴。

「反對無效。」

別府立刻駁回。

「後來陸陸續續出現反抗妳的學生，最後妳根本管不了他們，整個班級完全失序。於是妳被迫在家休息了半年。我說的沒錯吧？」

南繼續保持沉默。

「請問妳是如何看待當時的自己呢？」

古美門踩回南的身邊，湊向她的臉龐問道。

「……當時的我是個自以為是的……」

南終於開口了。

「妳覺得自己做錯了嗎？」

「我覺得自己不夠成熟，所以才努力想讓自己成為一名優秀的老師。」

「人都是在經驗中成長的。」

為了改變對話流向，三木試圖插嘴，卻立即被別府警告道：「被告代理人。」

「成長是嗎……？」古美門繼續提問：「過去的妳確實不夠成熟，但難道只有我一人覺得，現在的妳是個比過去更爛的超級垃圾敗類教師嗎？」

眼見南再度陷入沉默，古美門繼續乘勝追擊。

「當時的妳可是這麼說的喔？」
古美門拿起黛面前的資料開始朗讀。
「我理想中的教育是不討好學生、徹底貫徹教學、將學生培養成才。」
這是南當時投稿在校刊上的內容。
「妳已經捨棄這樣的理想了嗎？」
「……我只是意識到愛的教育才是最重要的。」
南板著臉把古美門放在證人席上的校刊翻到背面蓋了起來。
「妳所謂的愛就是取悅班上的風雲人物，然後無視那些不起眼的學生嗎？」
「你說什麼？」
南被古美門的話激怒，近距離與他怒目相向。
「我說妳是不是為了取悅大部分的學生，所以犧牲了那些被同學欺負的孩子！」
南一個字也答不上來，卻無法掩藏內心熊熊燃燒的怒火。
「我一直以為是妳在拿著指揮棒操控學生，可是我錯了，是我太看得起妳了。」
「……」
「妳根本沒有那樣的能力。掩蓋霸凌事實的人不是妳，而是妳班上的學生。真正在幕後指揮的人恐怕是青山瞬吧。妳只是在順從他們的引導。看他們的臉色行事，為了不被討厭而強顏歡笑。表面上看起來像是在合唱團前揮舞著指揮棒，實際上卻低著頭躲在最後面口是心非的人就是妳！現在的妳根本毫無成長。妳只不過是個因為失敗而捨棄理想，選擇奉承學生的膽小鬼罷了！」

古美門一氣呵成地在最激動之處閉上了嘴巴。南斜睨著古美門湊上來的臉。她的眼神充滿怒氣、雙唇緊緊揪在一起、臉頰不禁泛紅。看著這樣的南，古美門心滿意足地點了點頭。

「很好，就是這樣的眼神。」古美門似笑非笑地回應著南的視線。「我就是想和流露出這種眼神的妳說話！」

南拼命壓抑怒火，奮力閉上雙眼，古美門卻挑釁地在她跟前繞過來又繞過去。

「我能體會妳的心情啊，因為教學嚴格而被學生討厭，是一件很難受的事吧？對付家長和學校也讓妳精疲力盡了對吧？」

「吵死了……」

南用只有古美門聽得見的音量低喃道。

「倒不如捨棄理想還比較輕鬆。當一個受學生歡迎的老師，笑嘻嘻地唱唱歌就好了！」

「閉嘴。」

南咬牙切齒地說道。

「順從大家的意思的話，不但自己省事，還會成為學校最受歡迎的老師，反正大家開心就好！一個不起眼的小鬼被欺負也無所謂，我一點也不在意！因為我的班級是最好的班級！」

古美門持續煽動。

「夠了！」

南終於忍無可忍地放聲大吼。法庭內頓時陷入一片死寂。

「你懂什麼啊！」

古美門把手背在背後，側頭注視著南。

「老師這份工作才沒有你想得那麼簡單哩！當老師的人有一大堆工作要做！要參加無聊的會議、要處理無知家長的牢騷、要教育不懂規矩的小鬼，還要取悅教育委員會那群死老頭。」

南朝著古美門伸出手指，她的發言讓教育長不禁皺眉，三木也露出大事不妙的表情。

「班上一旦發生任何問題就會亂成一團，根本無法上課！可是老師卻不能體罰學生！這樣你叫我怎麼追求自己的理想！我必須維持班級的運作，光是這件事情就已經讓我心力交瘁了！」

南語帶哽咽地咆哮道。古美門冷靜地注視著南憤恨的眼神，然後慢條斯理地開口了。

「小暮和彥也是妳必須守護的學生之一吧？」

就在此時，原告方的門喀啦一聲打開了，秀美推著輪椅上的和彥走進法庭。視線不斷游移的南，始終不敢直視和彥的雙眼。秀美讓和彥的輪椅朝向證人席的方向後，獨自走向原告席就坐。

「四年前的妳確實是失敗了。不過在那群不起眼的學生當中，肯定也有支持妳的做法、暗自景仰妳的學生才對。小暮和彥恐怕就是那些學生當中的其中一人吧。」

南再度低頭不語。

「我想問的問題只有一個，就是小暮和彥究竟有沒有遭到霸凌。」

「這個問題她剛才已經回答過了！」

三木不耐地插嘴道。

古美門怒斥三木：「我想問的對象不是剛才的她！」

接著古美門重新轉身面向南。

「我想問的對象不是那個放棄牧羊，甘願淪為停止思考的羊群中的妳！我想問的是四年前那個寧可與學生和學校正面衝突，也要奮戰到底、痛苦掙扎的妳！」

聽見古美門充滿張力的聲音，南的身子不由得微微顫抖了起來。

「如果是當時的妳，會怎麼回答這個問題呢？」

古美門把臉湊上前，正眼注視著南。

「我再問一次。藤井老師，小暮和彥有沒有遭到霸凌？」

南用力地吸了一口氣，然後重重地吐了出來。法庭內一片寂靜，所有人都在等待南的答覆。

「要做回牧羊人就趁現在。」

古美門的悄聲低喃，讓南眼眶裡的淚水不禁決堤。

「……小暮同學，確實遭到同學霸凌了……」南嗚噎著繼續說道：「我曾在教職員會議上反應過，最後卻還是不了了之。」

語閉，南不禁啜泣了起來。

成功了。古美門伸出手指輕輕撫過三七分的瀏海。

「我問完了。」

原告席上的黛高興得緊抿雙唇，被告席上的三木則絕望地仰天長歎。就在旁聽席上的媒體一陣騷動時，南一邊抽泣一邊向法官敬禮，準備離席而去。

「證人，訊問尚未結束。」

突然間，別府開口攔下南。

南不知所措地停下腳步，古美門、黛和三木等人也都不明所以地望向別府。

「本席還有其他想要追加的問題。」別府用異常冷靜的口吻解釋道。「由於妳方才提供的證詞前後不一，本席想問妳為何改變證詞？」

察覺到別府銳利的眼神，南不由得陷入沉默。

「這說明妳一開始做的是偽證嗎？妳剛才已經宣讀過誓詞了。」

「就是說啊，妳已經宣讀過誓詞了。」

三木發現情勢對自己有利後，立刻放起了馬後砲。

「……因為我改變想法了。」

南繼續停留在證人席旁邊答道。

「那麼假使被告代理人再度提問，並用相反的說法說服妳的話，妳是不是又要改變證詞了呢？」

「所言極是啊，審判長。她肯定又會改變說法的。」

「你閉嘴！」

別府大聲斥喝三木。然而與此同時，她的視線始終停留在南的身上。只見南也露出猶豫的表情望著別府。

「……我明白了。本席會慎重評估證詞的可信度後再做判斷。妳可以離開了。」

「評估可信度是什麼意思？」

古美門迅速起身，對別府窮追不捨地提出質疑。

「證人可以離開了。」

別府看也不看古美門一眼，只對著南一人說道。

「妳該不會要說她的證詞沒有可信度吧？」

「本席沒有義務回答你。」

別府板著一張臉，連眉毛也沒動一下。

「剛才的證詞有哪裡不可信了！」

黛也激動地起身抗議。

「本席會自行定奪。」

「太荒謬了吧！她可是鼓起勇氣才說出真相的耶……」

「本日就此退庭！」

別府不由分說地宣布退庭。

「請等一下！審判長！」

就在黛無謂掙扎之際，所有人都起身準備離席。

啪啪啪啪啪啪……。此時，突然傳來一陣鼓掌聲。

「……你這是在做什麼？」

別府不悅地回頭瞪視噪音的來源，卻發現原本只是在胸前鼓掌的古美門，竟然囂張地把雙手高舉過頭，一副在參加演唱會的模樣。

「法庭內禁止拍手。」

別府一開口提出警告，古美門就回嘴道：「妳找碴找到這種地步，真是讓我太感動了啊，虐待狂法官。」

「……你說什麼？」

別府轉身面向古美門。

「因為男人不把妳放在眼裡，所以妳就在法庭上發洩妳的焦慮對吧？」

「你把法庭當成什麼了？」

「法庭？您稱這裡是法庭嗎？對妳來說，這裡是 SM 俱樂部的娛樂室吧！」

古美門毫不保留地宣洩內心的怒氣。

「以女王之姿虐待平民百姓，肯定爽翻了吧，所以妳袒護加害者也是情有可原啊！」

說著說著，古美門走到旁聽席前，一個接著一個指遍了所有旁聽人。除了被指到的旁聽人以外，黛、三木、勅使河原、南……等法庭內所有的人也都嚇傻了眼，個個一臉鐵青。

「請收回你的發言，向我道歉。」

別府雖然維持著一貫冷靜的態度，但看得出來她已經氣得怒火攻心。

古美門不發一語地盯著別府。

「……道歉吧。」

黛走向古美門，低聲催促道。但古美門並無任何反應。

「現在立刻道歉，否則我將依我的權限採取相應的處置。」

「實在很抱歉，這個人腦袋有問題！」

黛趕緊低頭致歉。

「……古美門律師，快向審判長賠罪吧。」

緊繃的氣氛讓勅使河原也加入勸說的行列。

「非常抱歉。」

古美門深深地一鞠躬。一旁的黛也一起低下頭。沒想到……。

「歡迎用繩子把我捆綁起來，對我施以滴蠟之刑，直到女王陛下滿意為止。」

古美門一邊抬起頭一邊口不擇言地挑釁著別府。

他在說什麼啊……。完蛋了。這樣想挽救也挽救不回來了……。幾乎要當場崩潰的黛一邊強作鎮定，一邊觀察著別府的反應。只見她面如厲鬼般瞪著古美門，接著稍微抬起下巴，緩緩地下令道：

「古美門研介律師，本席現在以擾亂法庭秩序為由，對你處以監禁。」

「監、監禁？監禁是什麼？」

黛驚慌失措地問道。在法庭陷入一陣騷動之際，三木臉上露出興致勃勃的表情，「我也是第一次碰到這種情況。有好戲看了。」

「咦？啊？這？律師？律師——？」

同一時間，大門砰的一聲打了開來，門口瞬間衝入兩名法警，對古美門銬上手銬。

黛試圖出手阻止，但古美門最後還是在法警的左右包夾下被帶出了法庭。

「哇……」

「沒搞錯吧……」

旁聽席上的人們開始議論紛紛，唯獨三木一人開心得合不攏嘴。

＊

所謂的監禁，是法院可科處的制裁手段之一。由於古美門的粗言、暴行等不當之舉，嚴重損害到法院以及法官的威信，才會被別府加以制裁。

律師被處以監禁的例子少之又少，連古美門自己都跟三木一樣，是第一次遇到這種事。

警官架著古美門的手臂，直接把人帶進拘留所。陰暗的拘留所內，並排著好幾間拘留室，關在裡面的人不是一臉凶神惡煞的光頭男，就是一副藥物中毒模樣的消瘦男子。

喀啦一聲，警官打開了消瘦男子所在的那間拘留室的鐵門。

死定了，這下真的死定了，這可不是隨口開開玩笑就能了事的局面。一路走來都很老實的古美門，突然開始用腳死命地抵抗，卻被警官毫不留情地推了進去，害他整個人撲倒在消瘦男子的面前。鐵門關上後，古美門趕緊衝上前去，開口攔下準備離去的警官。

「地板供熱系統的開關在哪裡？」

古美門試圖對警官裝可愛，卻一點用也沒有。

喀啦！鎖門聲無情地響起。

＊

「維持法庭秩序的法律竟然被適用在這種情況，這根本是前所未聞的事！我無法認同妳的做法！」

退庭後，黛尾隨別府闖進值勤室。

「這是我被賦予的權限。」

別府一邊將脫下來的法袍掛起，一邊面不改色地說道。

「身為一名法官，妳這麼做是不恰當的！」

「隨妳怎麼說。」

別府看也不看黛一眼，徑自返回辦公桌前，準備開始處理公事。

「古美門講話確實有點無禮，不對，他向來就是個只會講無禮話的人。」這一點黛也承認，不，這根本就是公認的事實了。

「但是妳怎麼能因為妳的個人情緒就採取不當的處置呢！」

「妳講話還真無禮啊。」

別府終於從成堆厚重的文件中抬起頭望向黛。

「因為妳這樣根本就是在找他麻煩而已啊！」

「妳也想被關關看嗎？」

這個人到底在說些什麼啊？黛靜默不語地回應別府的視線。

「我讀國中的時候，過了三年被人欺負的日子。」

別府蓋上文件，開口述說道。

「事到如今，那些都已經是不值得一提的往事了，但我曾經為此動過尋死的念頭，所以我很能體會被欺負的孩子是什麼心情。」

既然如此……。黛雖然很想搶話，但還是耐著性子繼續聽了下去。

「我並沒有偏袒哪一方。我的義務就是根據法律與程序做出最適當的判決。如果為求勝利不擇手段是古美門律師的原則的話，那麼無論如何都要維持神聖的法庭秩序，就是我身為法官的原則；倘若古美門律師堅持不向我道歉的話，那我最多可以監禁他二十天，我的話說完了。」

別府這段話說得井然有序、有條有理，加上那毫不閃躲的眼神，讓黛完全無言以對。

「我先告辭了。」

黛欠身致意後，離開了值勤室。

她剛才雖然說別府對古美門採取的行為，是來自個人情緒的不當處置，但別府實際上不但不是個虐待狂法官，更不是個會因為不被男人放在眼裡，就把情緒發洩在法庭上的人。

＊

當晚，三木的辦公室因為即將到來的勝利而洋溢著歡騰的氣氛。

「哎呀，太感謝各位的幫忙了，真是讓人捏了一把冷汗啊。」

教育長的心情十分愉悅。

「幸虧審判長是個怪胎，我們才能撿回一命啊！」

站在旁邊的井手笑著說道，卻被三木瞪了一眼，「撿回一命？」

「喔，不是啦，我是說……」

「你小子是在說我技不如人嗎？那種證詞沒有可信度也是理所當然的啊。」

「沒錯，您說的是。」

「如此一來就勝利在望了吧，接下來再拜託你們了！」

聽見校長的話，三木心滿意足地點了點頭，但敕使河原卻顯得一臉沉重。

「怎麼了嗎，敕使河原律師？」

澤地開口關心。

「……我在想到了這個地步，我們是不是該主動提出和解呢？」

敕使河原低垂著視線，驟然提議道。

「和解？開什麼玩笑，這是打敗那傢伙的大好機會啊。怎麼能讓他逃跑呢？」

三木趕緊從沙發椅上屈身向前，極力主張道。

「錯誤的追捕方式，不但有可能讓獵物逃跑，還有可能傷及自身。」

勅使河原的表情依舊凝重。

「擔心這麼多的話，就無法將獵物趕盡殺絕了。」三木的態度十分強硬。

「這樣下去的話，可能會出現不幸的犧牲者啊……狩獵的目的在於減少過多的野生動物，讓牠們維持在適當的數量，而不應該盲目殺生。」在勅使河原的反駁下，三木陷入了沉默。

＊

黛和服部來到拘留所的會面室。坐在玻璃隔屏對面的古美門，正一邊「哼～～哼～～哼～～～」地哼著《小白花》，一邊裝模作樣地擺出拉小提琴的姿勢。他閉著眼睛露出陶醉的表情，模樣卻落魄至極。

「……對方提出和解了。」

黛傾身向前說道。她雖然很擔心古美門的狀況，但還是必須通知他校方的決定。

「任憑妳處理。」

古美門伸出右手說著請便請便。

「真的可以和解嗎？」

「反正我也贏不了，做再多也是白搭。」

古美門像個鬧脾氣的孩子似地撇著嘴。

「這樣可是名副其實的敗北喔？」

「沒辦法啊！我又不是輸給三木和獵人老頭，這全都怪那個女人，就算我球踢得再好，只要裁判說一聲犯規，我就沒得玩了！」

古美門整個人貼在玻璃隔屏上，說完再度回到自己的世界裡，悠悠地拉起了空氣小提琴。

*

黛移步來到和彥的病房。夕陽西照下，和彥正坐在病床上。從他臉上的紗布和腳上的石膏看來，傷口似乎還隱隱作痛。

黛再度為了前幾天在法庭上發生的事情道歉，並通知他們校方提出和解的事。

「老實說，再繼續堅持下去也沒有太多勝算，況且現在古美門律師還被監禁起來。如果和解的話，多少可以拿到一點錢。只是……」

「對方不會承認有霸凌的事實。」
秀美接話道。
「是的。決定權在秀美女士和和彥同學手中。」
聽了黛的說明，秀美緩緩低下頭。此時，和彥開口了。
「我覺得……跟他們和解也無妨，如果能夠拿到一點錢的話，媽媽也會比較輕鬆吧？」
和彥笑著觀望秀美的反應，秀美卻不發一語。
「……黛律師，就算古美門律師不在，妳還是可以幫我們的吧？……我想要奮戰到最後。」
秀美起身作出答覆，這是她絕不讓步的堅持。

*

「大家早安。」
南笑容滿面地走進教職員室。前幾天的公審中，她雖然做出背叛學校的發言，最後卻意外造成對被告方有利的局面。今天的她也和平時一樣正常出勤。
但……教職員室裡的老師，卻無人開口回應她。

「不好意思，豐子老師，我之前拜託妳幫忙準備的教材……」

即使主動向擔任學年主任的女老師說話，對方也故意無視南的存在，直接從教職員室離開。

就這樣，南撐過了一整天的正課後，終於來到放學時間。學生們一如往常把桌子搬到教室後方，按照合唱的聲部列隊。

「今天就來練習《啟程的那一天》吧！」

按下CD音響的播放鍵，南在前奏開始的瞬間揮動起指揮棒，可是眾人的視線並未像平常那樣集中在指揮棒的前端。

「一、二、三，唱！」

前奏結束後，南把指揮棒舉得更高，結果……沒有人開口合唱。在空虛的CD伴奏聲中，南看見女學生們正偷偷傳遞一張對折的便條紙。傳過數人手中以後，不知是有心還是無意，便條紙就這樣掉到了地上。南走上前去打算撿起紙條，學生們卻動作一致地向後退了幾步。

打開紙條一看，上頭寫著幾個潦草的黑色簽字筆字。

「藤井南確定是叛徒！」

南一抬頭，就對上青山的視線。對方正以挑釁的目光注視著南。

被學生無視、被同事無視，南的這一天簡直過得如坐針氈。

南身心俱疲地踏上歸途。當她拖著沉重的步伐踏上公寓外的階梯時，突然發現家門前有個人影，那是黛。看她手中拿著一大疊畫紙，想必門上又被貼了什麼不堪入目的字眼吧。黛一注意到南，就深深地向她鞠躬致意。

南把黛帶進了屋內。

進入屋內後，兩人席地而坐，中間隔著一張小折疊桌。

「……妳還好嗎？」

黛見著南的臉色，小心翼翼地問道。只見南輕輕地嘆了口氣。

「我不笑的時候，看起來很陰沉吧？」南有氣無力地說道。「這才是我本來的樣了。其實我根本就不喜歡什麼合唱。」

南伸直雙腿，全身癱軟地倚著背後的書桌。那張從學生時期用到現在的書桌，是她特地從老家運來的。

「……妳在學校遇到了什麼事嗎？」

「不用想也知道吧？背叛同伴的羊當然會被趕出羊群啦。」

南的話語中夾雜著嘆息。

黛靜默地等待南再度開口。

「不過有一點，你們說錯了……帶頭的人並不是青山同學。」

南開口道。
「什麼意思？」
「他也只是其中一匹羊而已，真正領頭的另有其人。」
「另有其人？是誰？」
「我哪知道。」南滿不在乎地笑了笑。「學生的本性才沒這麼容易被看穿呢，不過肯定是他們的其中一個沒錯。」
黛端坐在南的面前，煞有介事地注視著收斂起一臉輕佻的南。

*

關在這裡已經幾天了呢？監禁期最長是二十天。古美門一開始還能拗著手指倒數被放出去的日子，但現在的他對時間的流逝已經完全麻木。
「放我出去～～～！人家受不了啦～～～～！」
古美門抓著拘留室的鐵柵使勁嘶吼道。
「吵死了！」
同間拘留室的消瘦男子氣憤怒罵，但古美門依舊不為所動。
「馬桶冷得要死根本不能坐人啊！而且還沒有附屁屁洗淨機！睡在隔壁的傢伙每天

晚上都在唸經！我的背上都長出一粒一粒的疹子了！快放我出去！」
一陣叫喊聲中，守衛的腳步聲愈來愈接近。
「八十九萬八千三百一十五號，有人來探監了。」
「真的嗎！」
古美門瞬間換上一臉明快的表情。

「哎呀呀，這裡實在挺舒適的。」
古美門照例演奏起空氣小提琴，同時對著玻璃隔屏對面的黛說道。
「你有在聽我說話嗎？」
黛隔著玻璃瞪視著古美門。
「連藤井老師也不知道真正帶頭的人究竟是誰，不過不管那個人是誰，我們到底有沒有辦法讓他自己站出來，導正每一個人的想法呢？」
「沒辦法啊。」
古美門毫不猶豫地答道。
「就算前方是斷崖絕壁，大家還是會朝著同一個方向前進，這就是所謂的群體啊。反正呢，我是已經無所謂了，妳愛怎麼做就怎麼做吧。」
聽見古美門的回答，黛深深地嘆了一口氣，接著便拎起包包從椅子上站了起來。

「不過我很擔心藤井老師。她看起來一副心力交瘁的樣子，不曉得是不是在學校受到嚴重的打擊……」

黛自言自語般說完後，轉身準備離去。

就在這時，古美門微微抽動了一下眉毛，並以迫切的口吻叫住黛。

「代我轉告服部叔，說我跟所長討論過後，對方終於同意我讓人送抱枕進來了。妳叫他馬上給我送來。」

「拜託你別淨做這些無聊事好嗎？有那個心思的話，還不如趕快去向別府法官道歉！」

黛訓了古美門一頓。

「要我向那女的低頭，我寧可上吊自殺！」

再怎麼受不了監禁生活，古美門也不願為此放下自尊，所以他二話不說就否決了黛的提議。

＊

隔天早上，南一來到學校就發現辦公桌上放著一個紙箱，紙箱裡塞滿了她的個人物品，不知是誰把她放在桌上的教科書、筆記、文具用品，還有抽屜裡的雜物全都清了出來。

在教室上課時，也沒有任何學生聽南說話。不管在音樂室也好，在教室也罷，她總是眼神空洞地獨自揮舞著指揮棒。

這樣的日子持續了幾天之後，南終於主動遞上留職停薪申請書。

「身體不適的話就沒辦法了，請儘快調養好身體吧。」

接下申請書的校長口氣相當冷淡，形式化的台詞簡直就像預先準備好的一樣。

南也和校長不相上下，面無表情地點了點頭，轉身離開教職員室。

＊

叮咚。

黛按下南的公寓門鈴。聽服部叔說南今天沒去學校，她擔心地前來視察狀況，但是不管她按了幾下，門內都無人回應。

「藤井老師？我是黛。聽說妳留職停薪了？藤井老師，妳在家嗎？」

難道出門了嗎？總覺得有種不祥的預感。

黛伸手轉動門把，發現門並未上鎖。

「我進去囉……」

打開門的那一瞬間，黛立刻用手摀住口鼻，屋內傳來異樣的臭味。定睛一看，廚房窗戶的邊緣貼滿了封箱膠帶，而且瓦斯軟管已經被人拔了起來，管口裸露在外。

「……瓦斯？」

黛趕緊衝進廚房關掉總開關。一轉身，就見到倒臥在地板上的南。

「藤井老師？」

南在桌上留下了一張字條，上面寫著「我對不起大家，藤井南。」黛跳上床鋪，撕下窗邊的膠帶，把窗戶完全敞開。

「不可以，不可以啦，藤井老師，妳振作一點！」

黛抱起了癱軟在地的南。

「不可以啦，快醒醒！藤井老師！」

然而南始終沒有睜開雙眼——。

黛氣勢洶洶地闖進兔丘中學的校園。

「嗯？妳要找哪位？妳不能隨便進去……喂！」

接待處的男老師發現了黛的身影後，急忙叫住她。他是之前黛和古美門來參訪學校時，對他們莫名和藹可親的年輕男老師。黛用她那雙外八腿三步併作兩步地衝上樓，一路直達二年C班的教室。

「三角形ABD和三角形ACD是……」

二年C班正在上數學課，講台上的數學老師講解著全等三角形的證明法。

「我要叫警察囉！警察！」

幾名男老師和副校長追在黛的身後，但她絲毫不以為意，唰的一聲打開教室門。數學老師和全班學生都啞口無言地看著她，只見她雙腳一跨，直挺挺地站在全班面前，把背在肩膀上的包包用力摔在地上。

「藤井老師自殺未遂，她現在的情況非常危急。」

黛用眼神掃視了全班同學的臉，每個人都嚇得臉色發白；站在講桌另一頭的數學老師和追到教室門口的老師們，也都嚇得愣在原地。

「是誰帶頭的……到底是誰？想方設法排擠藤井老師的人到底是誰？你們知道自己在做什麼嗎？藤井老師和小暮同學都是犧牲者耶！是你們的犧牲者！」黛咆哮道。

「等、等一下！」

「妳這是在……」

男老師和副校長企圖把黛拉出教室，但正在氣頭上的她，力氣比起平時更是有過而無不及，三兩下就把三、四名男老師推倒在地。

「……人類是醜陋的生物。」呼、呼、呼……黛一邊調整鼻息一邊對著學生說道。「人類是非常殘酷的生物，總是以攻擊看不順眼的人為樂，所以我們才會不自覺地做出討好別人的舉動，處心積慮地學著如何在群體中生存。這或許是一件很重要的事沒錯，可是我希望你們不要忘了，人類也是一種會為了正義而努力的美麗生物。如果有誰願意脫離群體，成為繼藤井老師和小暮同學之後，下一個有勇氣站出來的人，請與我聯絡。抱歉打擾各位上課了。」

說完後，黛再度踩著一雙外八腿離開教室，教室內頓時陷入一片寂靜。

「……好了，那我們就繼續上課吧。」

數學老師站回講台上，一副什麼事情也沒發生過的樣子。被黛推倒在地的男老師們也紛紛返回教職員室。然而此時此刻，已經沒有任何學生能夠繼續專心在課堂上了。

放學後，二年C班的同學們各自在內心思索著同一件事情。

有的人邊打掃邊想，有的人邊眺望窗外邊想，有的人邊照顧兔籠裡的兔子……。

跟青山同夥的佐佐岡、金森和高木也在前往籃球社練習的途中，停留在緊急出口的樓梯間用手撐著臉頰。青山本人則在教室裡一動也不動地注視著南桌上的CD音響……。

幸運逃過一劫的南，正沉睡在醫院的病床上。黛坐在病床邊，滿心祈禱地守護著南。

隔天，二年C班的同學們依舊一副若有所思的模樣。

教室內，昨天那位追在黛身後的男老師正在教授現代國文，但幾乎所有學生的心思都飛到了九霄雲外。有幾位學生偷偷從胸前的口袋、鉛筆盒或筆記本中抽出一張小卡片。那是黛之前發給他們的名片……。

＊

「有學生聯絡我了。」

黛來到拘留所的會面室，對著玻璃隔屏對面的古美門說道。就在她闖入學校的隔天……也就是今天，她竟然接到二年C班全班同學的聯絡，其中當然也包括青山瞬和他的同夥。

「哼～哼哼……」

滿臉鬍渣的古美門有氣無力地哼著歌，整個人一副寒酸樣，失魂落魄地演奏著空氣小提琴。他的兩眼空洞無神，目光失去焦距。

「現在的當務之急就是去向別府法官道歉。」

從古美門的表情根本無法判斷他有沒有聽到黛說的話。

「她絕對不是個討人厭的女人。」

黛老老實實地向古美門說出自己的感覺。

古美門和黛來到值勤室面會別府。被戴上手銬的古美門，依然是一副魂不守舍的樣子。在黛不安的視線中，古美門開口了。

「……黑……昂……傲厭。」

古美門含糊不清的道歉，讓人根本聽不出來他在說什麼。別府不動聲色地盯著古美門看。

「律師！」

黛急忙用手肘推了古美門一下，但古美門毫無反應。此時，或許是等得不耐煩了，別府從座位上起身，站到了古美門面前。

「跪下。」

別府的聲音格外響亮。

古美門露出一副不滿的眼神看著別府。黛也睜大了眼睛。在這緊張的氣氛中，黛一心祈禱古美門不要再搞出什麼亂子。片刻後，古美門緩緩地跪了下來。

「對於本人多次對審判長出言不遜的行為，我在此鄭重向您道歉。」

古美門的聲音聽來還算清晰，被手銬銬著的雙手緊緊握拳放在腿上，然後他稍微低下了頭。

黛見狀也趕緊屈膝跪地，深深地向別府磕頭；古美門也隨著她把額頭貼在地板上，原本放在腿上的雙拳，現在正貼在地面上不停顫抖。黛不是不能理解他的心情，但……。

「再忍耐一下下、再忍耐一下下。」

黛小聲嘟噥道。古美門的手顫抖得愈來愈厲害，靠著雙拳撐在地板上的力道，他幾乎快從地板上彈了起來。

「還沒……還沒啦。」

感受到別府投射在兩人背上的犀利視線，黛不斷地安撫著古美門。這個當下的時間似乎過得格外漫長，他們倆究竟跪在地上多久了呢？

「取消監禁。」

最後，兩人終於等到別府開口，一旁的守衛立刻上前卸下古美門的手銬。

「我才不是在向妳這個臭三八道歉哩！我只是為了委託人才假裝道歉而已！」

古美門在男廁隔間裡換衣服的同時，嘴巴始終不曾停下。

黛站在門外，替古美門從門的上方接過他換下來的運動服。此時男廁裡空無一人，再加上古美門任性地要求她幫忙換衣服，所以她只好隨他進了男廁。黛把服部事先準備好的白襯衫和西裝丟給了門內的古美門。

「我心裡根本不是這麼想的！完全被我矇騙過去了吧！實在有夠蠢的！我怎麼可能向妳這種低智商變態女低頭認錯呢！連個陪妳去法國的男人都沒有的欲求不滿大醜女！」

接著，古美門換好衣服走了出來。臉上的鬍子已經剃得一乾二淨，頭髮也用髮蠟抓成了完美的三七分。

「走吧。」

古美門用手指劃過瀏海，向前邁開步伐。

「難為你忍了這麼久。」

黛亦步亦趨地尾隨在他身後。

*

數小時後，澤地和井手先後衝進三木的辦公室。

「什麼？古美門提出了新的人證？」

三木不禁蹙眉。

「是的。」

「是什麼樣的人？」

原本就在辦公室內的勅使河原也驅身上前。

「阿部由美子、井上香織、小田日奈子、梶原理繪……」

澤地逐一唸出資料上的名字。

「總共有多少人？」

三木問。
「三十四人。」
聽見澤地的回覆，三木和勅使河原都驚訝得說不出話來。

*

公審日終於到來。開庭前，黛在原告席上接到了一通手機來電。
「這樣嗎？太感謝你了！」
黛笑逐顏開地望向身旁的古美門。
「藤井老師好像脫離險境了，真是太好了……！」
相對於古美門的撲克臉，另一頭的秀美聽到後，當場鬆了一口氣，和彥也露出了笑容。
這一幕，全都被被告席上表情凝重的勅使河原等人看在眼裡。過了一會之後，別府帶著比以往更嚴肅的表情步入法庭。
「起立！」
全員起立，對著別府敬禮，接著各自就坐。三木偷偷躲在旁聽席入口的門外，從門縫中窺探法庭內的狀況。
接下來，原告方開始訊問證人。

二年C班的學生陸續站上證人席。

「身為小暮和彥的同班同學，請問妳覺得他有遭到同學欺負嗎？」

面對古美門的提問，阿部由美子語氣堅決地答道：「有。」和彥在原告席上緊抿雙唇，專注地聆聽著班上同學的證詞。下一個出庭的是井上香織。

「妳認為小暮同學本身有樂在其中嗎？」

「沒有。」

香織搖了搖頭。

「妳認為從屋頂上跳下來是小暮同學本人的意思嗎？」

「不是。」

接下來的小田日奈子也做出同樣的答覆。

「妳認為他是被逼迫的嗎？」

「是的。」

梶原理繪點了點頭。

隨著證人一一表態，躲在入口門後偷窺案件發展的三木，臉色也愈來愈鐵青。

「下一位證人請上前。」

別府一開口，青山就站上了證人席。和彥的表情閃過一絲緊張。

「我是兔丘中學二年C班的青山瞬。」

青山抬頭挺胸地站定在證人席上宣誓道。

「青山同學，你就是這次霸凌事件中的加害者之一。請問你本身有什麼想法呢？」

古美門語氣沉穩地問道。

「我並沒有想要欺負他的意思，只是……」

青山停頓了一下。

「只是什麼？」

「只是被大家這麼一說，我才發覺自己好像做了一件很過分的事情。」

青山字斟句酌地清楚答覆。

「你原先主張小暮同學是自己說要從屋頂上跳下來的，關於這一點呢？」

「我當初是這樣想的沒錯……但也許是我們逼得他不得不這麼說的。」

「所以說，他是被你們強迫的囉？」

「……是的。」

青山垂下視線，肯定地點了點頭。

「你認為藤井老師知道這件事嗎？」

「不只是藤井老師，我想幾乎所有老師都知道這件事才對。」

校長露出大事不妙的表情，隔壁的教育長也挽起雙臂低下了頭。

「如果你有任何想對小暮同學說的話，請趁現在告訴他吧。」

古美門指著輪椅上的和彥。青山轉身面向位在斜後方的他。

「我沒想到我們的行為會讓你這麼痛苦……我以為老師沒糾正我們，而且沒人說這是霸凌，一切就沒什麼大不了的，對不起。」

看著深深鞠躬道歉的青山，和彥輕輕地頷首，而秀美和黛也都濕了眼眶。

躲在門後偷看的三木也被這一幕氣得快哭了出來。

「我問完了。」古美門回到座位。

「被告代理人。」

別府直接點名勅使河原，只見他調整了一下衣襟，畢恭畢敬地站了起來。

「我沒有問題。」

勅使河原一鞠躬後再度入座。井手和校長等人全都目瞪口呆地看著他。

古美門將視線輕輕飄向旁聽席的入口。一對上三木的視線，對方立刻驚慌失措地關上門。

*

最終口頭辯論日終於到來。

原告方由秀美本人站上了證人席。

「秀美女士，請妳說說現在的心情。」
古美門從原告席上起身對秀美說道。
「……我一開始以為，我是為了不讓其他孩子碰到跟我兒子一樣的狀況，所以才打這場官司的。」
秀美把內心的話咀嚼了一番後，才緩緩開口。
「但我發現自己錯了，其實我只是想報仇而已……不過看到我兒子重新恢復笑容以後，這樣的情緒也隨之淡化。」
秀美與輪椅上的和彥交換了一下視線。雖然他的臉上還貼著一大塊紗布，表情卻是滿臉的笑意。
「事到如今，無論判決結果如何我都接受。」
秀美哽咽著低下頭。
「謝謝。」
古美門站在原告席上繼續發言。
「……我記得我的助理律師黛曾經說過這麼一席話，她說她想杜絕社會上的霸凌現象，而這場訴訟就是杜絕霸凌的第一步。我聽了以後嘲笑了她一番，因為我認為這根本是天方夜譚。」
黛在旁邊抬頭看著古美門。

「勅使河原律師對和彥同學說，被人欺負時要勇於挺身而出，但問題真的是勇於挺身而出就能解決的嗎？」

被古美門這麼一問，勅使河原一臉僵硬。

「追根究底來說，霸凌的本質究竟是什麼呢？是加害的學生？教師？學校？其實這些都不是本質，霸凌的本質是更恐怖的東西。」

古美門把雙手背在背後，走向旁聽席前方。

「它不僅存在於教室內，也存在於教職員室、公司、家庭，存在於這個國家的每個角落。我們總是被迫察言觀色，隨波逐流。多數派的意見自然而然會被視為正義，意見相悖者就會被排擠……沒錯，霸凌的本質就是氣氛。」

接著古美門再度轉身面向別府，繼續對她陳述道：

「尤其是在這個行徑方向一致的國家，氣氛這個魔鬼的力量是非常強大的。」

古美門一步一步朝別府的方向走去。

「在這個敵人面前，或許連法律都派不上用場。這是一個會吞噬一切、日漸壯大的恐怖怪物……所以別說是挺身對抗了，連能不能逃跑都是個問題。或許藤井老師，不，甚至連加害的青山同學們都是被這個怪物吞噬的犧牲者吧。」

不管是黛、勅使河原，還是旁聽席上的澤地，全都專注地聽著古美門說話。

「然而這一回，我親眼目睹了奇蹟。一度被吞噬的人們，奮力劃破了怪物的肚子，勇敢地站了出來。和彥同學、藤井老師、二年Ｃ班的三十四名學生……他們得要多大的勇氣、多少的覺悟才能站在這裡……但是他們卻用力地睜開了雙眼，憑著自己的意志突破了氣氛的牢籠。我在他們的身上看見了希望，同時也自慚形穢……他們讓我意識到這個世界總是毫不停歇地向前進步。」

古美門俐落地轉過身，看著證人席上的秀美。秀美感動地點了點頭。

「我敢在此預言，我們一定能讓霸凌從這個世界上消失。就讓這場官司成為終結霸凌的第一步吧。」

古美門以沉穩的表情微笑著，然後再度望向別府。別府仍舊板著一張臉，但古美門並未因此收起臉上的笑容。

「我說完了。」

法庭儼然成了古美門的個人劇場——。

*

判決當天……。

「主文一：被告應給付原告小暮和彥日幣一億圓，及自二〇一三年一月十五日起至清償日止，按年息百分之五計算之利息。」

聽見別府宣讀的判決結果，秀美簡直不敢相信自己的耳朵，神情激動地向黛低頭道謝。

「主文二：被告應給付原告小暮秀美日幣一千萬圓，及……」

什麼？秀美不禁用雙手摀住嘴巴，轉頭看了看黛。只見黛的眼眶也泛出淚水，微笑著用視線告訴她，這是她理當得到的賠償。

此時，古美門的視線也輕輕飄向敕使河原。敕使河原依舊維持著紳士風度，心平氣和地頷首接受這樣的結果。

「閉庭。」

別府說完，在場的人全都起身離席。

「怎麼跟你說的不一樣！」

教育長在起身的瞬間向井手追究了起來。

「對不起……」

「說對不起有什麼用！」

與此同時，被告席卻呈現完全不同的光景。

「真是太謝謝你們了。」

秀美和黛高興得喜極而泣，兩人緊緊相擁在一起。

古美門一把視線移到別府身上，就發現對方也正在看著他。古美門笑咪咪地從座位上起身，踏上法官席的階梯朝別府靠近。

「妳這人還真是愛亂來啊，不過判決的結果相當英明，看來我們當初的邂逅實在太糟糕了，要不要考慮跟我重新開始啊？」

古美門順勢摟住了別府的肩膀。她這個人平常雖然不苟言笑，但終究還是個好女人。畢竟傲嬌也有傲嬌的魅力。古美門抱著這樣的心態對別府展開攻勢，但他的手立刻就被對方無情地甩開。

別府露出被冒犯的表情說道：

「我打從心底鄙視你這樣的人，鄙視到想吐的程度。就算只是站在這裡跟你說話，我也渾身打顫。你要是再這樣嬉皮笑臉地跟我搭話，我將以法官的身分，用盡一切法律手段對你處以徒刑，還望你自重。我衷心希望從此以後再也不會見到你。」

別府露出最後的微笑，接著毫不留情地用鞋跟踩了古美門一腳。

「Aie' ça fait mal !」

古美門一邊用法文喊著「好痛！」一邊痛得直跳腳。當初在法國飯店內被別府踩出來的傷口，如今再度遭到鞋跟攻擊，古美門痛得幾乎說不出話來。

別府帥氣地離開法庭，完全不把古美門放在眼裡。

古美門單腳跳下台階時，黛剛送走秀美與和彥。

「黛！她果然是個討人厭的女人啊！」

「真是個好法官啊～」

黛臉上浮現明朗的笑容。

「屁啦！像她那樣遲早丟飯碗！」

就在古美門痛苦哀嚎的時候，敕使河原主動朝兩人走來。筆挺的灰西裝加上黑白條紋襯衫，成功襯托出他的品味。

「古美門律師，您完成了重要的一步，太精彩了。」

「敕使河原律師也是啊，以首戰來說，你表現得算很好了。」

古美門前一秒還痛得縮成一團，這一秒卻把胸膛挺得老高。

「不過話說回來，律師這一行還真有意思啊。」

「今後也會繼續待在三木律師那嗎？」

黛問道。

「不，我打算離開三木律師的事務所自立門戶。」

「聰明的選擇，待在三木那裡太埋沒你的才能了。」古美門說。

「那我就先告辭了。後會有期。」

古美門牢牢地握住了敕使河原朝他伸出來的右手。

「嗯，你果然是米克·傑格。」

「請繼續努力。」

黛一臉興奮地主動伸出右手。

「啊，妳這隻手……」

「想起來了嗎？我的手究竟像誰呢？」

「我想起來了，妳這隻手就是電子遊樂場裡比腕力的那隻手啊。嗯，絕對沒錯！好了，我先失陪了！」

勅使河原舉起單手招呼了聲就自行離去。

「……竟然不是人的手……」

黛尷尬地笑著目送勅使河原的背影離去。

*

當天晚上，三木獨自一人在辦公室裡看著倉鼠沙織的照片。

澤地來到三木身邊，輕輕握住他的手。

「律師……」

「古美門……老子一定要讓你……」

三木的話才說到一半，澤地就順口接了下去：「下地獄……。」

見到三木臉上不悅的表情，澤地立刻解釋道：「啊，對不起，因為常常聽你這樣說，所以不知不覺就……」說完，她趕緊閉上嘴巴。
「妳這意思不就是說我每次都在重複同樣的話嗎？」
「……沒這回事。我今天第一次聽到這句話。」
澤地故作無辜地說道。
「是吧。」
「『下地獄』這句話聽了真是讓人不寒而慄啊。」
一襲低胸洋裝的澤地朝著三木湊上前去，這才讓他的心情又好轉了起來。

＊

數日後，秀美與和彥登門拜訪古美門事務所。此時的和彥已經可以拄著拐杖行走，再也不需要輪椅了。服部帶著兩人來到露台上，並為他們親自奉茶。
「這一次承蒙各位關照了。」
「你們真的要搬家了嗎？」
黛問。
「是的，雖然學校的同學們都拼命慰留這孩子，但我們還是想換個新環境重新開始。」
「二位要搬到哪裡呢？」

服部一開口，秀美就不好意思地低下頭。

「說來還真有點難以啟齒……我們要搬去豐洲的高層公寓。」

一瞬間，古美門、黛和服部全都睜大雙眼看著秀美。

「從今以後我們母子倆也要繼續過著省吃儉用的生活，那麼就謝謝你們了。」

今天的秀美依舊是格紋襯衫加連帽外套的簡單裝扮，但她手中的提包卻已經換成了香奈兒的托特包。

「不客氣。」

黛笑著目送兩人離去，嘴角還有些抽搐。此時，和彥突然拄著拐杖從走廊的另一頭折返。

「那個，律師……」

和彥抬頭望向古美門。

「怎樣？」

「經過這麼長的一段時間，我想起了很多事……。當初或許真的是我自己說要跳下去的吧。」

「蛤？」

黛歪了歪頭。

「我以為自己應該跳得過去……」

古美門、黛和服部都驚訝得合不攏嘴。

「小和——。」

秀美的呼喚聲從玄關傳來，和彥輕快地答了聲「來了！」，接著便轉身離去。

「真的假的啊……可、可是他應該是被人家欺負，所以才不得不說出這種話的吧？」

黛對著古美門問道。

「是不是都無所謂，唯一可以確定的就是國中男生果然多半都是白癡。」

聽見古美門的回答，黛深深地、深深地嘆了一口氣。

「總之，二位先用餐吧。」

這麼說來，他們今天已經忙了一整天，自從早午餐過後就再也沒進食了。服部似乎已經為他們提早準備好晚餐。當古美門和黛飢腸轆轆地走向餐桌時，竟發現蘭丸已經坐在餐桌前，大快朵頤起桌上的牛排。

「我自己先開動啦。」

「你這個人太奸詐了吧！」

黛說出這句話的同時，自己也衝到餐桌前大肆掃蕩了起來。

＊

同一時間——。

順利出院的南再次來到兔丘中學，向校長遞出辭呈。

「那個……我即將被解任校長一職，教育委員會的成員也會全面改選……所以，妳要不要再考慮一下呢？」

雖然校長好言相勸，但南的心意已決。她皮笑肉不笑地向對方敬禮後，從教職員室大步離去。

南一路抬頭挺胸，瀟灑地走出校舍。

「老師！」

背後突然傳來學生的聲音和腳步聲。一轉身，二年C班的同學從不遠處追了上來，站定在南的面前。

「我們想再合唱最後一次！老師，請妳幫我們指揮吧！」

青山遞上南慣用的指揮棒。這麼說來，她把指揮棒放在教室裡忘記帶走了……。她目不轉睛地盯著那支充滿回憶的指揮棒。

「拜託老師了！」

所有學生都低下了頭。南抿嘴一笑，從青山手中接過指揮棒，接著在眾人面前高高舉起，並笑咪咪地抬起了頭。

南拎著指揮棒，朝著夕陽西下的天空揮動了兩、三下，然後用力劃過眼前的植栽。啪！

一根樹枝掉落在地面上，斷得相當俐落。
「我看我還是用在下一間學校的學生身上吧。」
南咧嘴一笑，直接從學生中間穿過，由正門走了出去。

＊

「古美門律師，我那天真的很感動。」
黛咀嚼著滿嘴的麵包，對古美門說道。
「感動啥？」
「你那天的意見陳述啊，實在太精彩了！我們一定能讓霸凌從這個世界上消失，我也是這麼相信的，你果然還是有身為律師的良心啊！」
「妳說什麼？」
「不用不好意思嘛，如果你決定洗心革面的話，我應該可以考慮繼續追隨你喔。」
古美門啜飲著服部為他添加的紅酒。
「藤井老師的身體似乎也好得差不多了，可喜可賀，可喜可賀！」
「她的身體當然好啊，畢竟她只是在窗緣貼了膠帶，然後睡了個大頭覺而已。」古美門不以為意地說道。

「……蛤？」黛懷疑起自己的耳朵，轉頭注視著古美門。

「看妳還是一副腦袋裡裝著一堆馬糞海膽的老樣子，服部叔，麻煩你告訴她一切真相吧。」

古美門請站在一旁的服部代為說明。

「藤井老師的自殺未遂是一場騙局。」

服部鄭重宣布道。

「什麼？」

「為了讓學生們站出來，我特別透過服部叔向她提出這個計謀。」

古美門補充道。

「可是，不對啊，醫院的醫生也說她情況危急……難道連那個醫生也……？」

「友情萬歲。」

古美門奸詐地笑了笑。

「但、但是，當時房間裡的瓦斯味超臭的耶？」

「那不是瓦斯。」

「是 surströmming。」

服部從廚房拿來了一個罐頭。

「sur……？」

「是瑞典產的魚罐頭。」

服部在黛面前緩緩打開罐頭。

「嗚噢！」

刺鼻的臭味讓黛、古美門和蘭丸都捏著鼻子逃到露台上。

「我要她把那恐怖的罐頭放在房間的各個角落。」

古美門一邊咳嗽一邊說道。

「你到底讓藤井老師做了什麼啊！」

黛不可置信地怒吼道。

「說起藤井老師，其實她本人也躍躍欲試呢。」

服部按照古美門的指示前往南的公寓提出說明時，她已經不計形象地啃起了魷魚乾，一手還拿著水果酒。看來當老師的壓力真的很大，她豪氣地暢飲、瘋狂地大笑，然後舉手贊成服部的提議：「好主意！算我、算我一份！」

黛幾乎快對人性失去希望。

「真是一位豪膽的人啊。」服部笑了笑，黛瞪著古美門說：「……你又欺騙我了是吧？」

「被我欺騙是妳唯一的專長啊。」

古美門的手依然捏著鼻子不放。

「……但二年C班的同學確實打破氣氛，勇敢地挺身而出了啊。他們正是未來的希望！」

黛也不服輸地辯駁，絲毫不改她那樂觀的本色。

「蘭丸，你來告訴她。」

古美門對著蹲在地上眯著雙眼的蘭丸說道。

「就是啊，那個班上的學生會互相傳紙條。」

「紙條？」

黛不解地歪了歪頭。

某天上課，一張對折的紙條在二年C班全班同學之間傳閱。一打開紙條，上面寫著如女孩子般秀氣的字體：「我覺得那是霸凌耶！有沒有人要一起出庭作證？」

過了一會兒之後，又開始出現其他贊成的紙條，「我贊成——！我也要出庭作證！」、「我也覺得那是霸凌。」

「所以全班同學就被紙條上的內容說動了。」蘭丸說。

「換句話說，那群小鬼才沒打破什麼氣氛，根本就只是在隨波逐流罷了。」

古美門一屁股坐在露台的椅子上，然後抬頭望向黛，臉上露出得意的笑。

「……可、可是我覺得，至少一開始寫那張紙條的孩子有勇敢站出來啊！」黛主張道。

「紙條是在下寫的。」服部說。

「什麼……？」

「為了揣摩國中女生的語氣和字體，我花了一整晚練習。」

看，就像這樣……服部從垃圾桶中倒出成堆的失敗作品。裡面參雜了各種顏色的紙，內容還是用各種顏色的筆寫成的。黛最先拿起的那張紙條上，寫著一串流暢的毛筆字：「在下也認為是霸凌。」一根本一點都不像國中生。但後面幾張的表現愈來愈進步：「人家也覺得是霸凌耶……。我們一起出庭作證吧！」而且怎麼看都像是小女生的筆跡。

「然後我就負責把……」

蘭丸趁著上課時間溜進學校，偷偷把手伸進教室的後門，把紙條放在最靠近後門正在睡覺的男同學桌上，然後拍了拍他的手臂把他叫醒。男同學張開眼睛後，以為是別人傳來的紙條，就打開紙條看了看內容，然後繼續傳給前面的同學……。

「……怎麼可以這樣。」

黛感到全身無力。

「那個班級從一開始就沒有什麼領頭羊，管他是誰營造出的氛圍都無所謂，他們就只是一群像牆頭草一樣的墮落羊群，怎麼可能有什麼希望可言呢！」

黛目瞪口呆地看著古美門。

「這就是現實。現實世界才不像童話王國一樣那麼容易改變呢！霸凌會從這世界上消失？怎麼可能啦，大白癡！」

古美門一口氣說完後，舉起單手跑進屋內，「……所以我要繼續享受我的假期啦，這一次來去南方的島嶼好了！要去的人快來抓住我的手唷！除了黛以外！」

「我我我我我！」

蘭丸和服部先後衝上前去抓住古美門的手。

「……不對，不是這樣的！」

黛也追上前去，粗魯地撥開古美門的手。

「你那些伎倆根本是多此一舉。就算不傳紙條下去，他們也會憑自己的意志站出來才對！他們確實打破了班上的氣氛！」

「嗯……這樣解釋也說得通吧。」

服部配合地說道。

「……妳就一輩子說妳的夢話吧，桃樂絲～」

古美門嘲弄地說道。桃樂絲是《綠野仙蹤》裡出現的少女。這部兒童文學作品的主角桃樂絲，在故事的一開始連家帶人被龍捲風捲走後，便踏上了前往魔法王國尋找魔法師奧茲的旅程……。古美門不斷嘲諷黛是個愛做夢的少女。

「……其實仔細想一想，你對我的所作所為根本就是一種霸凌行為不是嗎？」

黛說。

「妳連霸凌跟教育都分不出來嗎？」

「你這算是教育嗎？」
「嗯，當然啦。我從來沒對妳說過任何惡意攻擊的話喔。」
「啊，對了對了，我前幾天在網路上買到了很有意思的東西喔。」
服部在兩人爭執不下之際插嘴道。
「什麼東西？」
服部拿出來的東西是上頭印著不動明王的馬克杯和T恤。
「啊，這是田沼先生的不動明王！」
「他畫的不動明王似乎意外掀起一股風潮，吸引了大批遊客去參觀……啊，廟方好像還擅自製作周邊商品來販賣喔。」
「這可是有侵害著作權的嫌疑耶！」
黛皺了皺眉。
「黛，妳現在立刻去說服那個塗鴉老頭提起訴訟！」
古美門對黛怒吼道。
「然後妳這次一定要打贏！輸了就給我走人！就算一邊做那老頭的裸體模特兒一邊充當他的性伴侶，也要把妳欠我的錢全部還清，這樣妳那毫無價值的人生多少也算有點意義了吧。聽到了沒！妳這白爛音痴蠢蝌蚪！」
「你這絕對是霸凌！」

黛抗議道。

「不，是教育！」

古美門模仿著某部校園劇的老師，用手指輕輕劃過瀏海，流暢地撥到耳後。

〈全文完〉

❶日本企業傳統的工資制度，以年資和職位等因素訂定工資標準。
❷法文「是的，小姐。」
❸野澤菜是日本信州特產，多以醃漬或炒食方式料理。
❹法文「非常感謝。」
❺日本能劇表演者所戴的面具。
❻日本搞笑藝人萩本欽一的獨特跑步姿勢，特徵是雙手會同時位在軀幹的某一側。

王牌大律師 SP

CAST

古美門研介…………堺雅人
黛真知子…………新垣結衣
三木長一郎…………生瀬勝久
澤地君江…………小池榮子
加賀蘭丸…………田口淳之介
井手孝雄…………矢野聖人
服部…………里見浩太朗

SPECIAL GUEST

藤井南…………榮倉奈奈
別府敏子…………廣末涼子
勅使河原勳…………北大路欣也

TV STAFF

腳本…………古澤良太
製作人…………成河廣明
稻田秀樹
企劃…………加藤達也
導演…………石川淳一

製作…………富士電視台
製作著作…………共同電視台

BOOK STAFF

執筆…………百瀨忍

國家圖書館出版品預行編目資料

王牌大律師. 特別篇 / 古澤良太腳本；百瀨しのぶ改寫；劉格安譯. -- 初版. -- 新北市：楓書坊文化, 2014.12- 面；18.5公分

ISBN 978-986-377-026-8（平裝）

861.57 103021342

王牌大律師 特別篇

出　　版／楓書坊文化出版社
地　　址／新北市板橋區信義路163巷3號10樓
郵 政 劃 撥／19907596 楓書坊文化出版社
網　　址／www.maplebook.com.tw
電　　話／(02)2957-6096
傳　　真／(02)2957-6435
腳　　本／古澤良太
改　　寫／百瀨しのぶ
翻　　譯／劉格安
責 任 編 輯／謝淑華
總　經　銷／商流文化事業有限公司
地　　址／新北市中和區中正路752號8樓
網　　址／www.vdm.com.tw
電　　話／(02)2228-8841
傳　　真／(02)2228-6939
港 澳 經 銷／泛華發行代理有限公司
定　　價／250元
初 版 日 期／2015年3月